辻番奮闘記五

絡　糸

上田秀人

JN037810

集英社文庫

本書は、集英社文庫のために書き下ろされた作品です。

目次

第一章　執政の思い　7
第二章　辻番の意味　58
第三章　商人のあがき　108
第四章　牢人の力　159
第五章　隠した刃　210
解説　大矢博子　265

辻番奮闘記五　絡糸

《主な登場人物》

斎《いつき》 弦《げん》ノ丞《のじょう》　平戸藩士。江戸詰め馬廻り上席辻番頭だったが帰国。長崎辻番頭となる。
　妻・津根《つね》は家老滝川大膳の姪。

志賀一蔵　平戸藩士。江戸詰め辻番だったが、帰国し辻番組頭となる。

松浦肥前守重信　平戸藩主。

滝川大膳　平戸藩江戸家老。弦ノ丞に辻番を命じた。

徳川家光　三代将軍。

松平伊豆守信綱　老中。三代将軍家光の寵臣。島原の乱を鎮圧。

左膳　松平家藩士。伊豆守腹心。

堀田加賀守正盛　老中。三代将軍家光の寵臣。

土井大炊頭利勝　大老。二代将軍秀忠の頃よりの重鎮。

高津穂太郎　土井家近習頭。

馬場三郎左衛門利重　長崎奉行。

高力摂津守忠房　島原の乱後、島原藩主となる。

大久保屋藤左衛門　長崎でオランダ交易を狙う糸割符商人。

末次平蔵　長崎代官。大商人。

第一章　執政の思い

一

大名の家臣にとって、家ほど大事なものはなかった。

属している大名家が潰れれば、そこから禄《ろく》をもらっている己も生活の糧を失う。藩士にとって主家がすべてであり、それ以外はどうでもいいものでしかなかった。

それこそ隣の藩が大火事で壊滅しようが、大水で流されようが、哀れとは思ってもそれ以上の行為にはでなかった。

救援のための人を出すこともなく、逃げてきた民たちに炊き出しもしない。山一つ、あるいは川を越えただけで人々がどれほど悲惨な目に遭っていても救いの手は差し伸べない。いや、差し伸べられなかった。

「徒党を組んで、御上《おかみ》に刃向かうつもりだな」

「恩を売り、幕府転覆の軍に参加を強いる気であろう」

善意の行動が、幕府から見れば謀叛《むほん》の準備に見えるからであった。

幕府から睨《にら》まれると主家が危なくなる。

「改易じゃ」

「領地の一部を召しあげる」

「転封を命じる」

征夷大将軍《せいいたいしょうぐん》として幕府を開いた徳川家は、すべての大名を支配していた。取り潰すのも、減封するのも、僻地《へきち》へ追いやるのも思うがままにできる。

「先祖伝来の地を奪われてたまるものか」

「当家は関ヶ原まで徳川家と同格であった。この領地は吾《わ》が先祖が命を懸けて手にいれたもの。いかに将軍といえども取りあげることはかなわず」

もちろん、すなおに幕府の命に従う者ばかりではなかった。

「籠城じゃ」

「我らが覚悟を見せつけてくれるわ」

城に籠もって抵抗する大名家も出てくる。

しかし、誰も味方してくれないとなれば多勢に無勢、いかに勇猛果敢な者がそろっていようとも、難攻不落の城に拠《よ》っていようとも勝利はおぼつかない。

「御命《ごめい》に従いまする」

潰されるよりはましだと、大名たちは幕府へ頭《こうべ》を垂れる。

これが、武士の有り様をゆがめていた。

恩と奉公、禄をもらう代わりに仕えるのが武士である。つまり武士は一人の主君に忠義を捧《ささ》げるものなのだ。

言い方は悪いが、敵か味方かですんだところに、幕府が割りこんだ。

「幕府には気を遣え」

国元の藩士なら、生涯幕府とかかわることはまずないが、江戸詰めの者は幕府の役人だけでなく、徳川の家人《けにん》である旗本とも顔を合わせる。

「頭が高いわ」

将軍の直臣であるとの誇りを旗本たちは持っている。

「何様のつもりじゃ」

藩士にしてみれば、旗本などどうでもいい。

幕初は身体《からだ》が当たったの、目が合ったなどの些細《ささい》なことで旗本と藩士がもめた。なかには吉原で一人の遊女をどちらが抱くかで斬り合いになったこともある。

「喧嘩《けんか》両成敗」

幕府はもめ事の原因を調べ、的確な裁決をするのを避けた。

旗本こそ、武士のなかの武士だと幕府は公言している。その旗本が悪かったなどという事実はまずい。

「すまなかったの」

旗本に非があれば、その主君である将軍が詫《わ》びなければならなくなる。そのようなことがあってはならないのだ。

「原因など知らぬ。争いを起こした者はどちらも罪とする」

将軍の権威を守るために、幕府は法度《はっと》を作った。

「当事者は切腹、藩は改易、一門は謹慎」

将軍は法度の外にある。結果、なにかあったときは藩が傷つくことになる。

「御上には逆らうな」

藩主である大名が家臣に釘《くぎ》を刺すことになるのも当然であった。

「先代さまのことが……」

平戸藩《ひらどはん》長崎警固準備の調べ役頭斎弦《いつきげん》ノ丞《のじよう》が長崎代官の二代目末次平蔵《すえつぐへいぞう》の手にある書付へと目をやった。

「…………」

無言で末次平蔵が首肯した。

「これを馬場《ばば》さまが」

「引き継ぎを忘れていたと」

確かめるような弦ノ丞に、末次平蔵が告げた。

馬場三郎左衛門《さぶろうざえもん》は、長崎代官から長崎奉行へ転じている。その後を末次平蔵が継いで長崎代官となった。父親の初代末次平蔵が台湾《タイオワン》との密貿易の疑いで江戸へ呼び出され、獄中死したことが原因で長崎代官を世襲できず、間に馬場三郎左衛門が挟まっていた。

「なかを見ておられような」

「そのために長崎代官となられたのでしょうから」

弦ノ丞と末次平蔵が顔を見合わせて嘆息した。

長崎代官は豊臣秀吉《とよとみひでよし》のころに設置され、徳川幕府が成立してからも存続した。キリシタンを監視し、交易を監督するのが役目であったが、それを徳川幕府は長崎奉行を新設することで移行させ、長崎代官から実権を奪った。

結果、今の長崎代官は長崎奉行の支配でない町の外周部分を監督し、年貢などを扱うだけになっていた。

その長崎代官に長崎奉行へ栄転するほどの有能な旗本が短期間とはいえ就任したのは、先代末次平蔵と平戸藩主松浦肥前守隆信《まつらひぜんのかみたかのぶ》とのかかわりを調べるためであった。

父親の捕縛、獄死、役目の剝奪、代官所からの退去と一気に押し寄せてきた事象にまだ若かった末次平蔵は満足な対応もできず、父の遺したものを持ち出すことも隠すこともできず、馬場三郎左衛門に奪われてしまった。

「もう用なしだと考えたか」

「写しは取られたでしょう」

弦ノ丞と末次平蔵が書付を前に苦悩した。

「貴殿はなかを見られたのかの」

「……はい」

確かめるように問うた弦ノ丞に、末次平蔵が苦い顔で認めた。

「教えていただけますかの」

罪を犯したとはいえ、長崎代官の文章である。陪臣《ばいしん》の弦ノ丞が軽々に見ていいものではなかった。

「まちがいなく、父の手蹟《しゅせき》でございました。長崎からタイオワンを通じての密貿易についての手順が書かれておりました。割り符について、交易の相手、取引の品、売り買いのやりとりなど」

「肥前守さまのお名前は」

話した末次平蔵に、弦ノ丞が問うた。

「直接出てはおりませぬ」

「なかったか」

弦ノ丞が安堵《あんど》した。

松浦家は幕府に目をつけられていた。

ことの起こりは寛永《かんえい》十四年（一六三七）に九州島原《しまばら》で勃発した百姓一揆《いっき》であった。

島原の藩主松倉勝家《まつくらかついえ》の圧政に領内の百姓たちが耐えきれずに蜂起、そこに弾圧を受けていた隠れキリシタンが合流、騒動は天草《あまくさ》を巻き込んで拡大した。

「鎮圧せよ」

たかが百姓一揆と侮った幕府は、九州の諸大名に兵を出させ、総大将として板倉重昌《いたくらしげまさ》を派遣した。

しかし、小身の板倉重昌では、五十万石をこえる大大名、細川や黒田のものたちを統率しきれなかった。

いくら兵の数、武器の質で勝っていようとも、一つにならない軍勢では戦《いくさ》にならなかった。

「いつまでかかっている」

三代将軍家光《いえみつ》が手間取る戦に不満を漏らした。

「行け」

家光は老中松平伊豆守《まつだいらいずのかみ》を遠征軍の新たな総大将として出した。

松平伊豆守は島原について状況を確認、原城《はらじょう》に籠もる一揆勢を海から攻撃することを考えた。

「船を出し、砲撃を加えるよう」

松平伊豆守はオランダ、イギリスに加勢を求めた。

残念ながら砲撃は効なく終わったが、松平伊豆守に異国の武力を見せつける原因となった。

「寄らせてもらおう」

松平伊豆守は乱を平定した後、異国が日本における本拠地としている平戸を訪れた。

平戸は松浦家の城下町であった。

「なかを見せよ」

松平伊豆守は松浦家の武器蔵を検分したいと言い出した。

松浦家には城がなかった。あったのだが、関ヶ原の合戦の直後に焼失してしまった。

豊臣家から、その姓を賜るほど厚遇されていた松浦家は六万三千二百石には過分なほどの堅固な城を建てていた。

「徳川ににらまれるわけにはいかぬ」

すでに天下は豊臣から徳川に移っている。

権力者が交代したとき、前代の寵愛《ちょうあい》は今代の忌避になる。松浦家は豊臣家から徳川家へ旗を移すについて、その土産《みやげ》代わりとしてできあがったばかりの城を焼いた。

結果、松浦家は徳川の大名として生き残った。

従順な大名になった松浦家に、老中首座松平伊豆守の要請を断るという選択肢はなかった。

「これは……」

武器蔵を見た松平伊豆守は、そこに蓄えられていた武器の量と性能に絶句した。

「六万石ていどでそろえられるものではない。松浦にそれだけの金をもたらしたものこそ、交易か」

松平伊豆守が交易の価値を知った。

「和蘭陀《オランダ》商館を平戸から長崎に移す」

交易の利を松浦から幕府へ取りあげた。

こうして松浦は裕福から貧しい藩に衰退した。

「馬場三郎左衛門さまの後ろには……」

「伊豆守さまがおられましょうな」

弦ノ丞の危惧を末次平蔵が認めた。

「よくないな」

「でございますな」

二人が嘆息した。

馬場三郎左衛門から命じられたのは、先代末次平蔵の抜け荷について調べることである。

「今更、先代の罪を暴いても意味はございませぬ」

末次平蔵が首を横に振った。

江戸に召喚されて先代は獄死した。

もちろん、連座は適用されるので、今代の末次平蔵を咎《とが》めることはできるが、それをすればいろいろと面倒が出てくる。

先代末次平蔵を捕まえて取り調べた者たちの立場がなくなるのだ。

「あのときに抜け荷を知っていれば……」

先代末次平蔵一人だけで抜け荷はできるものではなかった。しかし、ときが経《た》ってしまえば、加担していた者も証拠を消し去るなどの手立てを取れる。

「手遅れにしてしまった」

失策だと口にする者が出てくる。

その相手が下っ端ばかりであればいいが、名門譜代が含まれていたりするとややこしい問題になりかねなかった。

「当家への影響はあるだろうな」

弦ノ丞が嘆息した。

松浦家は外様《とざま》大名なのだ。しかも豊臣恩顧でもある。

「改易じゃ」

三代将軍家光はその育ちからか、気が短い。

危うく弟に三代将軍の座を奪われそうになった家光は、その反動からか強権こそ将軍の証《あかし》とばかりに、大名を潰して回った。

熊本藩五十二万石加藤家、出雲《いずも》松江藩二十四万石堀尾家、会津藩四十万石加藤家など、家光の手で潰された大名は多い。

そこに平戸藩松浦家が加わっても不思議ではなかった。

「むうう」

手を抜いても咎められる。まじめにやっても藩に危難が及ぶ可能性が高い。

弦ノ丞はうなった。

「ご家老さまにお尋ねするしかないな」

思案しても答えは出ない。出してもそれへの責任を取るだけの覚悟はない。

弦ノ丞は判断を上役に丸投げすることにした。

二

家光には股肱《ここう》の臣がいた。

老中首座の松平伊豆守信綱《のぶつな》、老中阿部豊後守忠秋《あべぶんごのかみただあき》、堀田加賀守正盛《ほつたかがのかみまさもり》、阿部対馬守重次《つしまのかみしげつぐ》、お側人《そばにん》筆頭の内田信濃守正信《うちだしなののかみまさのぶ》らである。

そのなかでもっとも家光の寵愛を受けているのは堀田加賀守であるが、信頼の厚さでいけば松平伊豆守に勝る者はいなかった。

「今日もうるさいことであった」

家光が不機嫌な顔で言った。

「どちらでございましょう」

松平伊豆守が問うた。

「どっちもじゃが、とくに大炊頭《おおいのかみ》がこうるさいわ」

「土井《どい》大炊頭さまがお目通りを願われましたか」

聞いた松平伊豆守が苦笑した。

「登城免除を申し渡したというに」

「お気遣いと取っておるのでございましょう」

腹立たしげな家光に、松平伊豆守が首を横に振った。

「ふん。まこと躬《みども》が大炊頭を大事に思っているなどと、考えておるわけもなかろうに」

家光が吐き捨てた。

土井大炊頭利勝《としかつ》は、家康《いえやす》、秀忠《ひでただ》、家光と三代にわたって仕えた徳川家の重鎮であった。

とくに秀忠には重用され、宿老として政を担った。

「天下とともに、大炊を譲る」

秀忠が家光に将軍位を譲り、大御所となるときの言葉であった。

ようは、天下のことは土井大炊頭に任せろと秀忠は家光に告げたのである。

「それほど、躬は頼りないか」

家光は口にこそ出さなかったが、不満であった。

そもそも秀忠は嫡男の家光ではなく、三男の忠長《ただなが》を跡継ぎにしたがっていた。さらに実母である江与《えよ》の方もなぜか家光を毛嫌いし、忠長を溺愛した。

庶子だった長男を正室江与の方に焼き殺されたことが影響したのか、秀忠も忠長を跡継ぎにすべく動いていた。

「徳川の家は、長子相続とする」

家康が介入しなければ、家光は甲府か、駿府《すんぷ》で五十万石ほど与えられて嫡男の座から外されていた。

「神君こそ、父である」

家光が実父秀忠より、祖父家康を慕ったのは当然のことであった。いいや、家光は秀忠のことを蛇蝎《だかつ》のごとく嫌っていた。

「謀叛である」

家光は秀忠存命のうちに弟忠長を駿府城と五十五万石の領地から離して甲府城へ蟄居《ちつきょ》させた。

さすがに秀忠の生存中は我慢したが、死ぬなり忠長から駿府城と五十五万石を取りあげ、上野高崎《こうずけたかさき》へ流した。

「自害をいたせ」

一年後、家光は忠長に死を命じた。

「お待ちを。将軍家が弟君を殺されるのは、怒りにまかせて身内を処されるお方として、お名前に傷が付きまする」

そのとき土井大炊頭だけが異を唱えた。

「天下の執政たる者が情に流されてどうするのだ」

家光が土井大炊頭に言い返した。

血は繋《つな》がっていないが那須遠江守資彌《なすとおとうみのかみすけみつ》に嫁ぎ、後離縁されて戻ってきた土井大炊頭の妹が忠長の傅役《もりやく》になっていた。

それを家光は指摘した。

「…………」

恨みに苦情を入れながら、愛情に拠《よ》ったと非難された土井大炊頭は、それ以上の反対はできなくなった。

だが、これで家光はより土井大炊頭を嫌った。

他にも土井大炊頭は秀忠の言葉を盾に、家光の親政を邪魔した。

「そなたたちが、公方《くぼう》さまをお諫《いさ》めせねばならぬのだぞ」

「ご諚《じよう》であるからといって、唯々諾々としたがうならば、執政など不要じゃ」

土井大炊頭は老中になった松平伊豆守、阿部豊後守らを叱りつけた。

暗に家光の政はまちがっていると述べたのである。

「躬は生まれながらの天下人ぞ」

家光は慶長九年（一六〇四）、関ヶ原の合戦に勝利した徳川家が幕府を開いた翌年に生まれている。

「神君の跡を襲っただけの父とは違う」

天下分け目の合戦である関ヶ原の合戦に参加すべく中山道《なかせんどう》を進みながら、途中で真田《さなだ》昌幸《まさゆき》の足留めを喰《く》らい、決戦に間に合わなかった秀忠のことを家光は、認めていなかった。

「天下を獲《と》られた神君さまに選ばれたのは躬ぞ」

家康によって三代将軍と定められた家光は、高い矜持《きようじ》を持っていた。

「長く苦労であったな。毎日の登城は疲れるであろう。これからは大老として、躬の諮問あるときだけ顔を出せばよい」

家光は松平伊豆守が無事に島原の乱を鎮圧したことを受けて、土井大炊頭を執政から大老へとまつりあげた。

言うまでもなく、端《はな》から諮問などする気はない。

「藩政に専念せよと古河《こが》に押し籠めるか」

家光が顔も見たくないと言った。

功績はあるが気に入らぬ者を遠ざけるために、将軍がよく使う手段であった。大名はその領地を発展させる義務がある。藩政に専念する。一見、当たり前のことだが、参勤交代の制を定めたばかりである。大名は領国と江戸を一年ごとに行き来し、江戸の防衛という軍役を果たさなければならないのだ。つまり、国元にずっと引きこもることは許されていなかった。

「隠居いたしたく」

ようは暗に家督を跡継ぎに譲って、隠居しろという意味であった。

正確には、隠居しても国元に帰るには幕府の許可が要る。正室、子供だけでなく、隠居も人質なのだ。

もっとも家光から国元で頑張れと言われたとなれば、許可が出たと同じである。いや、強制であった。家光がそう言えば、土井大炊頭に拒否はできなかった。

「しばしのご辛抱を」

腹を立てている家光を松平伊豆守がなだめた。

「大炊頭どのに、あからさまな失点がなく、隠居を命じるのは公方さまの恣意《しい》と取られかねませぬ」

「恣意がいかぬのか。躬は将軍であるぞ」

説得する松平伊豆守に家光が不満を露《あら》わにした。

「名君と讃《たた》えられていただきたいのでございまする」

「…………」

願う松平伊豆守に家光が黙った。

「公方さまの度量を天下に示してくださいませ」

「……いつまでだ」

松平伊豆守の要求に家光が問うた。

「お世継ぎさまがお生まれになるまで」

「むっ」

言われた家光が詰まった。

三代将軍家光にはまだ子供がいなかった。

実母江与の方の性質か、乳母《めのと》春日局《かすがのつぼね》の影響か、家光は女を性の対象とできず、男色に淫した。当たり前のことだが、男と男がむつみ合うだけでは子供はできない。

「跡継ぎがおられぬ」

「次代は御三家から出られることになろう」

すでに城内のあちこちで囁《ささや》かれている。

大名にとって大切なのは将軍ではなく、家の存続であった。家はすべてなのだ。数百、数千、数万の家臣、数さえ把握できない領民。そのためならば、どのような振る舞いでもできる者だけが、大名として代を繋いでいける。

幕府に目を付けられないため、百万石の太守でありながら鼻毛を伸ばしてうつけを装い、五十万石をこえる大封を守るために立て札の字さえ読めない振りで小便をかける。

「愚か者ならば、謀叛など企《たくら》むまい。また、企んだところで制圧は容易じゃ」

幕府の油断こそ、最大の防御なのだ。

無論、それだけで生き残っていけるものではない。将軍がどのようなことを好み、なにを嫌うかを知ることも必須である。

それよりも最大に注視すべきは、次代であった。

家光に跡取りの男子がいれば、今まで通りの対応を続けるだけでよかった。たとえ代替わりが起ころうとも、一部は殉じても執政衆のほとんどは変わらないし、政の基本的な方針に激変はない。

問題はまったく別系統から将軍が来る事態に陥ったときであった。

徳川家康は子だくさんであった。戦傷死、病死、謀叛の疑いによる刑罰などで減りはしたが、十一人もの男子がいた。

しかし、いかに男子が多くとも本家を継げるのは一人きりである。残りは分家となって、本家を支える。

かつて足利《あしかが》将軍家はお家騒動を防ぐため、嫡男以外を僧籍に入れた。今川《いまがわ》家は本家以外にその名乗りを許さなかった。

織田信長《おだのぶなが》も嫡男と独り立ちできない幼少の者以外は、外に養子に出した。

だが、そのすべての家が没落した。

「いざというときのことを考えておかねばならぬ」

家康はそれらの栄枯盛衰を目《ま》のあたりにしてきたことで、一門の重要さを再認識した。

「九男義直《よしなお》、十男頼宣《よりのぶ》に徳川の名跡を許す。本家に世継ぎなきとき、人を出せ」

本家の備えとして、尾張《おわり》徳川家、紀伊徳川家を設けた。

「十一男頼房《よりふさ》は、頼宣の控えたるべし」

紀伊徳川家の頼宣と水戸《みと》徳川家の頼房は同母の兄弟であった。当然、両家の間には長幼という格ができる。

水戸頼房は徳川とも松平とも付かぬ扱いを受け、頼宣の家系に子孫がなかったときの控えとされた。これは水戸家が独立した大名ではないとの意味であり、参勤交代の義務

から も外され、江戸定府《じょうふ》となった。

「長幼の序に従って尾張さまこそ」

「いや、神君家康公がお膝元で育てられた紀伊さまこそ将軍にふさわしい」

気の早い者は、尾張徳川義直、紀伊徳川頼宣に近づき始めている。

家光の天下は盤石に見えて、先がないと松平伊豆守は危惧していた。

「子供か……」

嫌そうな顔を家光がした。

「母のような女では、子が哀れじゃ」

吾が身に想《おも》い、家光が首を横に振った。

浅井長政《あざいながまさ》と織田信長の妹市《いち》の間に生まれた江与は、豊臣秀吉の命で徳川家康の次男秀忠と婚姻を交わした。

江与は秀忠の妻となる前に佐治一成《さじかずなり》へ縁づいたが離別、豊臣秀勝《ひでかつ》へ嫁したものの死別するという不幸な経歴が影響したのか、生まれながらのものだったかは不明であるが、非常に嫉妬深い質《たち》であった。

秀忠の側室が産んだ長男の全身に灸《きゅう》を据えて熱死させたり、やはり他の女が設けた四男を執拗に狙い、江戸から遠い高遠《たかとお》へと逃げざるを得なくさせたりした。

その嫉妬深さを見てきた家光は、どうしても女を抱く気にはならなかった。

「わたくしどもへの憐憫《れんびん》と思し召《おぼ》《め》して」

松平伊豆守が家光へ願った。

「むうう」

家光が松平伊豆守の要望に唸《うな》った。

一代で立身した寵臣というのは、立場が弱い。なにせ小身の出であることが多いため、頼りになる一門がないからである。

また、寵臣は主君の贔屓《ひいき》で異常な出世を重ねる。

「蛍め」

主君に尻を差し出したと侮蔑をされたり、

「儂《わし》よりも劣るくせに」

嫉妬される。

だが、主君がいる限りは守られている。

「あの者を、余り近づけられるのは」

「さほど能力のない者をお取り立てになるのはよろしくないかと」

諫言《かんげん》した者が、左遷されたり嫌われたりして没落するからであった。

だが、これは期限付であった。

主君が隠居したり、死んだときは、それまでの栄光が嘘《うそ》のように消え去る。

「ご加増分を召しあげる」

もとの身分に戻されるだけならまだしも、下手《へた》をすれば家を潰される。

ただ、こうならなくて済む手段が一つだけあった。

主君の直系が跡を継いだときであった。

「休むがよい」

引きあげてくれた主君がいなくなったのだ。そのままの地位でいられることはさすがにないが、直系相続で主君が代わったのならば、先代への気遣いからあまり厳しい目には遭わなくてすむ。

「頼んだぞ」

寵愛をくれた主君が嫡男にそう言い残してでもくれれば、まちがいなく安泰になる。もっともこれには寵臣が主君に殉ずるという条件が付くが、子孫に与えられたものを譲れる。

「なにとぞ、なにとぞ。公方さまのお血筋をお作りくださいませ。わたくしたちのためだけではなく、なにをおいても末代まで将軍は公方さまのご子孫が継がれるべきなのでございまする」

「躬の子孫がか」

「身を慎め」

「はい。公方さまのお血筋に、我らの子孫が永遠にお仕えする。すばらしいことだと思われませぬか」

「そなたらの末裔《まつえい》が、躬の血を永遠に崇《あが》める」

家光が繰り返した。

「そうなれば、御上は、幕府は盤石でございまする。天下万民のため、永遠の極楽安土のため、ご辛抱くださいませ」

「天下のため……」

松平伊豆守の言葉に家光が興奮した。

「そうなれば、大炊頭ごとき、どのようにでもできまする」

「……わかった。我慢しようぞ」

誘うように語った松平伊豆守に家光がうなずいた。

三

弦ノ丞は先代末次平蔵の抜け荷について江戸へ問い合わせをかけている間、長崎奉行馬場三郎左衛門から命じられた長崎巡回警固の役目を務めていた。

長崎は平戸からオランダ商館がなくなって以来、南蛮と交易する唯一の公式な場所となっていた。

一応、幕府は指定された国以外の船が寄港することを禁じ、また異国に在住している日本人の帰国を認めない、世に言う鎖国状態となっていたが、例外はあった。朝鮮であった。

朝鮮と幕府は友好関係を持ち、対馬藩宗《そう》家が幕府から委託を受けて交易をしていたが、離島での交流だけにかかわる人も限定されており、儲《もう》けを見つけたからといって介入することは難しい。

しかし、交易は儲かる。こちらではありふれた品が、異国では珍品となるため高価で売れる。そして異国の品も同様に好事家《こうずか》たちに求められる。右のものを左に移すのが商いの基本で交易も同じなのだが、利幅が違った。

「どうにかして長崎に店を」

商人は長崎への出店をもくろみ、

「長崎には金がある」

食い詰めた者たちは、砂糖にたかる蟻《あり》のように集まってくる。

「牢人《ろうにん》はならぬ」

つい先日島原の乱があったばかりである。天下を揺るがした一揆の中心は百姓と隠れキリシタンであったが、少なくない牢人が参加していた。

「牢人どもを長崎へ入れるな」

馬場三郎左衛門は牢人による騒動を懸念して、その立ち寄りを制限しようとした。長崎への出入りは峠越えをするか、海から船で来るかの二つしかなかった。どちらも日中は警戒が厳重であり、なかなか入りこむことはできない。だが、これも日が暮れると穴ができた。夜陰に紛れて、長崎へ侵入することはさほど難しい話ではなかった。

とにかく人手が足りない。

十分な人員がそろっていれば、昼夜交代で警戒ができる。完全に封鎖することはできなくとも、突破する者の数は大幅に減る。

「手が足りぬ」

馬場三郎左衛門の悩みはそこにあった。

長崎奉行所は、その権に比して規模が小さすぎた。一応、長崎奉行は二人いるが、一人は江戸にあり、一年ごとに任地と交代する。つまり、一人で長崎のすべてを支配しなければならない。

つぎに配下が少なかった。

長崎奉行の配下には、支配組頭、支配下役、支配調べ役、支配定役下役《じょうやく》、与力十騎、同心十五人、清国《しんこく》通詞、オランダ通詞がいた。もちろんこれら以外にも、地役人、町方役人、長崎町年寄など、その指図に従う者は多く、すべてを合わせると千人に近い。

ただ、そのほとんどが交易の事務を担当し、治安や捕縛などの荒事に就く者は、与力、同心、小者を合わせても二十人ほどしかいなかった。

島原の乱を受けて、奉行所の武具は強化された。すぐに持ち出せるよう、奉行所の玄関に鉄炮《てっぽう》百挺《ちょう》、弓二十張、長柄槍《ながえやり》五十が置かれた。他にも隠れキリシタンを援助するために南蛮の船が来寇《らいこう》することを懸念し棒火矢五十、百目長筒一挺などが武器蔵に保管されている。

長崎の広さを考えれば、十分と言える。

問題は、その武器を扱う人がいないことであった。

百挺の鉄炮があろうとも、撃ち手が二十人しかいなければ、その威力は激減する。

「十全な人員を」

馬場三郎左衛門は何度も幕府へ与力、同心の増員を求めた。

「考えておく」

しかし、幕府の腰は重かった。

長崎奉行所に勤務する奉行以下、与力、同心は江戸からの派遣がほとんどになる。少しは現地で採用された者もいるが、ほぼ江戸から単身で赴任している。となると江戸と長崎の二カ所で生活を営むことになった。

長崎奉行には一年で役料が四千四百俵支給される。幕府は一俵を一石と同じ扱いにしている。千石ていどの旗本にとっては過分であった。

さすがにそれほどではないが、与力、同心にも相応の手当が出されている。

人員を増加させると、その役料も増える。

「福岡藩黒田家、肥前藩鍋島《なべしま》家にも人を出すように命じている。それで十分であろう」

長崎は遠すぎて、実感が薄い。松平伊豆守が実地検分をしたにもかかわらず、幕閣の考えは甘かった。

「なにより島原の乱で原城に籠もった連中は皆殺しにした」

幕閣の油断はそこに根拠を求めていた。

事実、原城への攻撃は容赦なく、一揆側を裏切って城内のことを流していた絵師以外は、たとえ女子供老人であろうとも許されず、殺された。

これは幕府が島原の乱を一揆ではなく、謀叛としてとらえていた証拠であった。

「わかっていない」

長崎の現況に触れている馬場三郎左衛門は、幕府の対応を危ないと感じていた。とはいえ、援軍は来ない。

「ならば、こちらで用意するしかない」

馬場三郎左衛門が目を付けたのが平戸藩松浦家であった。

「黒田も鍋島も面従腹背である」

外様大名のなかでも大きい黒田家、鍋島家は矜持が高い。とくに黒田家は、関ヶ原の合戦における功績が自慢であった。

「おぬしがいてくれたからこその勝利である」

合戦の後、家康が黒田家二代長政《ながまさ》の手を握って感謝したという逸話は有名であった。

鍋島家はそれほどではないが、三十五万七千石という大領の主として、威を張っている。

黒田も鍋島も二千石ほどの旗本なんぞ、鼻も引っかけない。

「見廻《みまわ》りを厳にいたせ」

「承った」

馬場三郎左衛門の指図にうなずきはするが、尽力はしない。幕府から命じられた長崎警固役など面倒だとしか考えていないのだ。

「役立たずが」

すぐに馬場三郎左衛門は、両家にやる気がないことに気付いた。

そこに松平伊豆守に目を付けられた平戸藩松浦家が顔を出した。

「遣えるか」

馬場三郎左衛門は長崎代官末次平蔵と接触した目の付けどころ、襲い来た食い詰め牢人をあっさりと撃退して見せた腕を持つ平戸藩松浦家長崎警固準備の調べ役頭の弦ノ丞に興味を持った。

「長崎辻番《つじばん》を命じる」

幕府との関係がよくない状況にある平戸藩松浦家としては、長崎奉行と敵対するのはまずい。

「謹んで拝命いたしまする」

弦ノ丞が引き受けた。

「結果を出せ」

上役というのは藩の内外を問わず、無理を言うものである。

己が目を付けた者が役に立たなければ、馬場三郎左衛門の能力が疑われる。

「手を抜けば……」

しっかりと脅しもかけてくる。

こうなったら弦ノ丞たちは、俎上《そじょう》の鯉《こい》同然。

「見廻りに出る」

弦ノ丞は国元に頼んで追加してもらった番士と小者を連れて、詰め所としている寺町の三宝寺《さんぽうじ》を出た。

辻番は、幕府が江戸の治安を守るために大名、旗本に命じて作らせたもので、屋敷の角に数人が入れるていどの番所を設け、周辺の異変に備えさせた。

主に夜間の盗賊、辻斬りなどを相手するために、番士たちは藩でも指折りの遣い手が選ばれた。

また、他家との境界の問題もあり、辻番は自藩の屋敷前の辻だけを担当した。

しかし、長崎での辻番は違った。

まず、まだ正式な長崎警固役ではない松浦家は、自前の屋敷を持っていない。三宝寺に間借りをしている状態では、辻番もなにもあったものではなかった。

次に長崎という土地の特色も影響していた。長崎は前を海に背後と左右を山に囲まれた狭隘《きょうあい》な谷地である。平坦《へいたん》な場所が極端に少ないため、急な斜面にも家や屋敷を作らなければならず、少しでも有効に利用しようとして、辻は細く入り組んでいる。

とても辻番所でございと一カ所に留《とど》まっていては、治安維持の効果は望めない。

「大川を渡り、馬町《うままち》を回って伊良林《いらばやし》郷を巡察、寺町へ戻る」

三宝寺を出たところで、弦ノ丞が予定を告げた。

「斎どの、伊良林郷は長崎奉行所の管轄から外れまするが」

番士が注意をした。

「わかっておる。伊良林郷は長崎代官どのが支配地であり、長崎奉行所とはかかわりはないが、山に近く峠を越えて入りこんだ者が潜んでいるという噂《うわさ》もある。管轄外だからといって見逃していれば、いつ町中へ出てきて騒動を起こすやも知れぬ」

弦ノ丞が続けた。

「浅慮でございました」

番士が頭を下げた。

「かまわぬ。吾《われ》もまだ慣れてはおらぬ。気が付いたことは進言してくれたほうがありがたい。助かったぞ」

叱ってしまうと次からなにも言わなくなる。それはよくないことに繋がる。弦ノ丞は番士を褒めた。

「はい」

番士が喜びを露わにして首肯した。

「目釘を確かめておけ。縄の用意はいいな」

動く前に弦ノ丞が万一の備えを確認した。

「……大事ございませぬ」

「へい。しっかりとしておりまする」

番士と小者が大丈夫だと述べた。

「では、行くぞ」

弦ノ丞が合図した。

長崎は坂の町でもある。寺町から大川までは坂道を下る形になる。

「…………」

小者、番士、そして己という順で進みながら、弦ノ丞は周囲に目を配っていた。

「おらぬな」

寺町のあたりは、あまり大きな商家はない。直接オランダや清と交易をおこなえる会所に属している大店《おおだな》は、もっと出島に近い西側にあった。

巡回は足早ではなく、ゆっくりとした歩みを心がける。こうすることで手間暇をかけて確認していると思わせ、盗賊や辻斬りに警戒心を抱《いだ》かせるのである。

「河原もよく見るように」

弦ノ丞は番士に注意を促した。

「はっ」

先ほどのことでやる気になった番士が、身を乗り出して河原を見た。

「異状は見受けられませぬ」

「うむ」

番士の返答に弦ノ丞がうなずいた。

「馬町へ向かおうか」

大川は長崎の底と言える。そこから馬町は登る形になった。

「人通りは多いな」

連なるようにやってくる旅人が、峠を越えて長崎が見えたことで足取りも軽く下ってくる。

「たしかに多ございますな」

番士も同意した。

「長崎はそれほどいいのでございましょうか」

小者が首をかしげた。

オランダ商館を失うまでの平戸は、長崎など相手にしないほど栄えた湊町《みなとまち》であった。そのときの栄華を知っている者からすれば長崎は賑《にぎ》やかではあるが、さほどではないと感じていた。

長崎はまだ発展途上であった。たしかに南蛮交易唯一の拠点として、多くの人を魅了している。とはいえ、平戸からオランダ商館を奪ってからの話なのだ。

商人たちは大きく儲けているが、その恩恵はそこに住む者にまでは拡《ひろ》がっていない。禄というほどではない給金で働いている小者にとって、町が繁華かどうかは岡場所や安い煮売り屋が近くにあるかどうかで決まる。小者の懐どころか、弦ノ丞でさえまともに揚がれるかどうかわからないほど高級な丸山《まるやま》遊郭などは、ないも同じであった。

「長崎がよいのか……」

あらためて弦ノ丞が旅人を見た。

たしかに半数近くは奉公人らしき者を数人連れて意気揚々としているか、少しでも早く商いに参加したいと焦りを見せているかである。

だが、残りの半数は疲れ果てた顔色で、足取りも重い。なにより身形《みなり》が悪かった。

「長崎にしか縋《すが》ることができない者たちだぞ、あれは」

「縋るとはどういうことでございましょう」

弦ノ丞の言葉に番士が問うた。

「島原、天草の惨状は知っているか」

「噂ていどですが、まともに稔《みの》りを得られる田畑がほとんどないとか」

確認した弦ノ丞に番士が応えた。

戦というのは酷《むご》いものである。人と人が殺し合うだけに、生き残ることに必死になり周囲を見る余裕がなくなる。

一軍を指揮する武将くらいになると、伏せ勢の警戒や足下の確かさなどを理解しなければならないため周辺にも気を配るが、足軽や徒 侍《かちざむらい》には難しい。

頭に血が昇って、己に刃《やいば》を向けている敵しか見えない。踏みしめているところが、街道なのか田畑なのかなぞどうでもいい。

それが万をこえる兵だと、畦《あぜ》も水路もあっという間に破壊される。

さらに戦場になった場所は後始末をしないとなにもできないのだ。戦場には死体、投棄された刀や槍が転がっている。

　これらを放置しておくと、死体からは疫病が発生し、投棄された武器で怪我《けが》をする者が出てくる。

　幕府と一揆勢が原因だからと、そちらに整備を求めても無駄であった。一揆勢は後始末するどころかされる側になっているし、幕府が謀叛扱いにした一揆への補償をすることはなかった。

「一揆を起こした土地は、見せしめにすべきである」

　幕府は一罰百戒を理由にする。

「死罪を命じる」

　一揆の原因となった松倉家を取り潰し、幕府は当主の勝家を斬首した。こうした手続きが終わるまで島原、天草は放置された。

「任せる」

　一年経ってようやく幕府は、島原に譜代大名の高力摂津守忠房《こうりきせっつのかみただふさ》を入れた。

「将軍家より信頼の証である」

　幕閣は高力摂津守の説得に、家光の名前を使った。

「公方さまの御命とあれば……」

　そもそも断るという選択肢はない。高力摂津守は引き受けるしかなかった。

「なんという仕打ち」

高力摂津守から転封のことを報《しら》された家臣たちは嘆いた。

温暖で物成がいいだけでなく、家康の天下取りの舞台になった遠江浜松から、戦乱で荒れた島原への移封は、左遷以外のなにものでもない。

「わずかな加増などまやかしだ」

浜松三万六千石から島原四万石への移動は、減封に等しい。浜松は冬も暖かく冷害などの被害は受けにくいことで実高は表高の倍近い。さらに東海道の要所でもあり人の流れもある。それこそ浜松の実収入は十万石に匹敵した。

対して島原は気候こそ穏やかではあるが、火山が近く、噴火のたびに大きな被害を受ける。降り積もった火山灰は稲作に適さず、表高より実高が少ない。

「御手元金《おてもときん》もなしとは」

藩士たちが愕然《がくぜん》としたのは、こういった場合に復興の手助けにしろと将軍から渡される金がなかったことだ。

「すべてを当家で賄えと言われるか」

島原の復興には莫大《ばくだい》な金がかかる。

「領の発展のためじゃ」

新田開発ならば、まだ意味がわかる。開発の苦労は加増という形で返ってくるからであった。

なれど復興は違った。復興は努力してようやくもとの常態に戻るだけでしかない。もともと島原に住んでいたならば、復興はなにより大事であり、そのための努力も苦にはならない。だが、高力家は咎めを受けたわけでもないのに、裕福な立場から落とされた。浜松から島原へ引っ越すだけでも金がかかる。そのうえ、復興の費用を出さなければならないのだ。さらに復興がなるまで、年貢は入ってこない。

「高力家だけでどうにかなるものではない」

島原の状況がわかっている者は、見限った。

「ものなど売れぬ」

松倉家に商品を納めていた商家を始め、島原城下で商いをしていた商人たちが、あらたな市場を求めて出ていった。

「いつになったら、藩の手助けは来るのか」

高力家は腐りながらも努力した。このまま領地を民に任せて放置するという手もあったが、年貢を免除したり、他領から人を勧誘したり、田畑修復の人手や道具を貸し出したりしているが、領地が広いうえに被害が大きすぎて手が回りきっていない。

「飢え死にする」

最初は農地が拡がったと喜んだ百姓たちも顔色を変えた。

一揆に参加していなかった百姓は、隠れキリシタンでないかどうかを厳しく詮議されたが、そうでないとわかると藩の優遇を受けた。

「一揆に参加した者たちの土地も好きにしていい」

その土地に慣れた者というのは貴重であった。同じ米だからといっても、田植えの時期、育て方、刈り取りの頃合いなど、精通していないと収穫に差が出る。激減した百姓を補うためには移民を受け入れなければならないが、できれば地元の者に百姓仕事は任せたいというのが藩の本音であった。

それが格差を生んだ。

「小作じゃ」

もとからの百姓が、移民してきた連中を差別し、酷使した。

「こんなはずでは……」

ただで土地をもらえる、年貢が一年ない。よいところだけを見て来た連中の落胆は激しく、流れ出ていく者も増えた。

「行き場所がない」

「長崎は繁盛しているらしい」

新天地という夢に破れた者たちが、長崎に集まってきていた。

四

「長崎に縋るしかない。うまく仕事が見つかればいいが……」

弦ノ丞は嘆息した。

ずっと江戸詰めだった弦ノ丞は、天下の城下町の陰も知っていた。

「江戸に行けばなんとかなる」

地方で食い詰めた者たちが将軍の城下町を頼ってやってくる。そして夢破れて、闇へと落ちていく。

「金を出せ」

己が生きていくために、他人《ひと》から奪う。それが多すぎたからこそ、辻番が設けられたのだ。

「長崎は狭い。毎日のように流れてくる者を受け入れられるはずはない」

「はい」

「…………」

弦ノ丞の嘆きに、番士と小者が暗い顔をした。

「……我らにできることはない」

長崎奉行馬場三郎左衛門がこういった流れ着いてくる者たちへ対応する。弦ノ丞は、意見具申はできても、それ以上のことはできなかった。

「戻ろうか」

伊良林郷を通り抜ければ、寺町まではそう遠くはないし、途中もほとんどが百姓家で商家はない。金がないとはいわないが、強盗たちにとってさほど旨味《うまみ》のある場所とはいえなかった。

「……お頭」

先頭を進んでいた小者の声が低くなった。

「どうした」

弦ノ丞が小者との間合いを縮めた。

「あの百姓家の庭先に牢人の姿が見えまする」

坂道にいる弦ノ丞から、少し下ったところにある百姓家を見下ろせた。

「……刀を抜いている」

弦ノ丞も異常を見つけた。

「なんですと」

番士が血相を変えた。

「咎めなければ……」

「待たぬか」

駆け出そうとする番士の袖を弦ノ丞が摑《つか》んだ。

「組頭、なにを」

番士が弦ノ丞を見た。

「落ち着け。状況をしっかりと確認せねば、勘違いで人を斬ることになるぞ」

弦ノ丞が険しい声で言った。

「それに気付いていないところに、牢人の仲間とかが潜んでいれば、不意を打たれることもある。辻番は民を守るためにあるが、命を粗末にしていい役目ではない」

「……ですが、手遅れになっては」

「わかっている。だからこそ落ち着け。すばやく状況を把握し、的確な行動を執る。これこそ辻番の心得である」

勇んでの行動は果敢に見えるが、失敗の原因にもなる。

「……申しわけございませぬ」

番士が興奮を解いた。

「静かに近づくぞ。捕り縄の用意をしておけ。下緒《さげお》の輪を忘れるな」

「へい」

「承知」

小者が懐に手を入れ、番士が刀の下緒をほどいた。

「…………」

その間に弦ノ丞は、百姓家を見下ろせる坂道の中央あたりへと腰を屈《かが》めて進出した。

「女房の命が惜しければ、いつも通りにしろ」

牢人は一人ではなかった。

刀を振りあげている牢人から離れて、百姓家の納屋近くにもう一人いた。納屋の屋根が邪魔をして、坂道の上からでは見えなかったのだ。

見えなかった牢人は、百姓の妻を人質にしていた。

「二日、まともなものを喰ってはいない。空腹で怒りやすくなっているからな。なにをするかわからぬぞ」

刀を抜いていた牢人が百姓の夫に笑いかけた。

「……女房には乱暴なまねをせんでくれ」

百姓が悔しそうな顔で言った。

「安心しろ。飯を作らせねばならぬからな」

「飯だけか、山川」

「腹がくちねば、下も勃《た》たぬであろう。海山」

「違いない」

牢人たちが嗤《わら》った。

「こいつら……」

戦国は過ぎ去ったが、まだその残滓《ざんし》は消え去ってはいない。百姓だからといって、搾取されるだけではない。いざとなれば鍬《くわ》や鎌を手に、筵旗《むしろばた》をあげる気概は持っている。

なにより百姓家を襲ってしばらく居座ろうと考えるような牢人たちが、腹が満たされたからといって、そのまま黙って出ていくはずはなかった。

それこそあきるまで妻を陵辱したあと、夫婦そろって殺害され、家にあるわずかな財を奪って去っていく。

最悪の末期《まつご》が見えている。命を奪うか奪われるかの世を身近に感じてきた百姓が、近くにあった木材に手を伸ばすのは当然であった。

「逆らう気か」

今まで嘲笑を浮かべていた牢人の雰囲気が変わった。

「落ち武者狩りていどしかしたことのない百姓に、本物の戦場で生き延びてきた我らが負けるはずはなかろう」

「おい、いきなりか」

海山とあからさまにわかる偽名の仲間に、やはり本名とは思えない山川と呼ばれた牢人があきれた。

「しかたあるまい。あいつがやる気だからな」

海山が百姓から目を離さずに言った。

「ちっ、生きている女は久しぶりだったのに」

山川が女房の乳を思い切り摑んだ。

「ひいっ」

その痛みに女房が悲鳴をあげた。

「くわっ」

それが百姓の辛抱を切らせた。

「わああ」

人を殺し慣れていないからこそ、声をあげる。慣れれば、息を吸うように人を斬ることができるようになる。

「ちっ、面倒な」

海山が刀を無造作に振りあげた。

「そこまでである。長崎警固だ。神妙にいたせ」

牢人二人の意識が百姓に集中する瞬間を、弦ノ丞は待っていた。

「膳田《ぜんだ》、女を」

「承知」

百姓を斬ろうとしている海山へ向かって駆けながら、弦ノ丞が指示を出した。それを請けた番士膳田が山川に襲いかかった。

「な、なっ」

背後からいきなり襲われた形になった山川が慌てた。乳を摑んでいたことも動きを遅れさせた。左手で女の腕を後ろに回して極め、右手で乳を弄んでいては刀を抜くことはできなかった。

「ま、待って」

位置も悪かった。

膳田が正面から襲い来たのなら、女を突き飛ばしてその進行速度を遅らせたり、盾に使って有利に立つこともできただろうが、後ろからではどうしようもない。しかも女ごと振り向く余裕もなかった。

「おうりゃあ」

上段にかまえていた太刀を、膳田が力一杯落とした。

「ぎゃあああ」

山川が絶叫した。

「浅いっ」

膳田が致命傷を与えられなかったことに愕然とした。初陣での実戦に膳田の腕が縮み、十分届かなかったのだ。

「ええい」

一撃で倒せなかったことに焦った膳田が、背中の痛みでうずくまった山川に太刀《たち》を叩《たた》きつけた。

「死ね、死ね」

動かなくなった山川の身体に膳田は何度も太刀を振るった。

「長崎警固……こんなところまで」

海山が百姓から離れて、弦ノ丞に対峙《たいじ》した。

「下がっておれ」

戦いに百姓は邪魔である。弦ノ丞は百姓の夫を制した。

「…………」

それでも夫は海山を睨むのを止《や》めなかった。

「妻は助かったのに、夫が死ぬか」

弦ノ丞がもう一度忠告した。

「……くっ」

悔しげに頬をゆがめて百姓の夫が、木の棒を投げ捨てた。

「さて、待たせたの」

弦ノ丞が海山に話しかけた。

「長崎警固がこんなところまで来るはずはない。長崎警固は市中だけで郷は担当しないのではなかったか」

「よく知っているな」

海山の疑問に弦ノ丞が応じた。

「このあたりは長崎代官どのが支配地。その長崎代官どのから、怪しげな者が出入りしているようだとのお話を聞いたのだ」

「逸脱だろうが」

海山が怒った。

「いいや。郷を荒らした者は、いずれ市中へ出てくる。代官に目を付けられては、いくら郷でも忍べぬからな。百姓を脅して潜んだところで、寄合や祭りなど全員参加の行事は多い。妻か夫、あるいは子供、両親などが出席しないとなれば、注目される」

郷は一つの国のようなものであった。そこに属している者は、祭りや田植え、稲刈り、葬儀など人手の要る用件に参加する義務がある。その義理を欠けば、八分とされて、手助けを受けられなくなる。

「そうなったらいられなくなるだろう。そして碌《ろく》でなしの牢人が考えることは皆同じだ。どうせ長崎から逃げ出さなければならないのなら、豪商を襲って大金を手にしようとする」

「…………」

弦ノ丞に言い当てられた海山が黙った。

「つまり、郷を見回るのは、市中を守ることでもある。どうだ、長崎警固がここにいても不思議ではなかろう」

「勤勉な奴《やつ》め」

誇らしげな弦ノ丞に海山が吐き捨てた。

「そこまで幕府に尽くさねばならぬとはな。飼い犬とは哀れなものだ」

「飼い犬でいい。明日の心配をせずともよいのだからな。尾を振る犬は叩けまい」

皮肉で煽《あお》ろうとした海山を弦ノ丞が一蹴した。

「むうう」

海山が平然としている弦ノ丞に唸った。

「な、なにが違うと言うのだ」

不意に海山が激した。

「…………」

「吾も百石をもらっていた。だが、その百石は幻だった。祖父が戦場で命を懸け、父がそれを守って、吾に受け継がせてくれた。藩では下士だったが、それでも生活はできた」

幕府は年貢を四公六民としていたが、諸大名は各々で割合を違《たが》えていた。そのほとんどが五公五民であったが、厳しいところでは六公四民、酷《ひど》いと八公二民というところもあった。もっとも六公四民をこえるところは、藩の財政が壊滅しているので、藩士たちの禄にも手を出していた。半知上納として、禄の半分を強制収納するのだ。松倉家などはそうであった。

さすがにそこまで酷いところは少ない。百石は年間にして五十石から六十石ほどの手取りになった。一石あれば一人一年に消費する米は足りる。そこに副菜、衣服、交際、雇用などが加わるが、五十石あれば家族六人、家士一人、小者二人、女中二人は十分にやっていける。

「その百石は吾のものではなかったと知らされた。藩が潰されたら、家禄は消えた。なぜだ。百石は我が家のものだったはずだ」

「ご恩と奉公を考えれば当然だろう。奉公の代として禄が与えられる。禄をもらっているから奉公するのではないのだ」

「なにが違っている」

嘆息した弦ノ丞に海山が吠えた。

「奉公は主君に仕えることだ。そのために禄をもらう。戦で十全に働けるよう身体を養い、武具を整える。これが禄の本質。つまり、主君がいなくなれば禄は意味をなくす」

弦ノ丞が続けた。

「主君を中心に考えればわかることだ。禄を芯と思うから理不尽だと感じ、腹が立つ。

いいか、禄は吾がものではない。主君からの借りものなのだ。主家があってこそ、禄はある」

人を斬った衝撃で呆然《ぼうぜん》となっている膳田に聞かせる意味も加えて、弦ノ丞は海山を諭した。

「どうすればよかったのだ」

「知るはずなかろう。吾は牢人の経験はない」

泣きそうになった海山を、弦ノ丞は突き放した。

「帰農する、商家に奉公する、どこかで仕官をする。生きていく道はいくつもあるが、そのどれにおまえが合っているのか、吾にはわからぬし、わかろうとも思わぬ。ひとつわかっているのは、おまえは吾の役目である長崎警固の敵だ」

弦ノ丞が太刀を抜いた。

「おのれはあああ」

見捨てられた海山が、怒りのままに斬りかかってきた。

「…………」

すっと腰を落とした弦ノ丞が、海山の袈裟懸《けさが》けを足運びだけでかわし、わずかに太刀を薙《な》いだ。

「は、腹が……」

真一文字に腹を割かれた海山が刀を落として、両手で傷口を押さえながら崩れた。

「組頭どの」

ようやく自失から戻った膳田が、血刀を手にしたまま駆け寄ってきた。

「刀を仕舞え」

己も刀に付いた血を拭きながら、弦ノ丞が膳田に命じた。

「あっ、すみませぬ」

あわてて膳田が血刀をそのまま鞘《さや》へ戻してしまった。

「あとで手入れをしておけよ、錆《さ》びるぞ」

弦ノ丞があきれた。

「代官所へ行ってくれ。事情を話して人を出してくれるようにとな」

後始末くらいは長崎代官所にさせると弦ノ丞は言った。

「へい」

小者が走っていった。

「……これ以上、面倒ごとは御免だ」

血に染まった海山を見下ろしながら、弦ノ丞は呟《つぶや》いた。

第二章　辻番の意味

一

平戸藩松浦家の上屋敷は、江戸の外れ日本橋松島町《まつしまちょう》にあった。

「斎から急ぎの手紙が来たそうだの」

上屋敷御座《ござ》の間で、江戸家老滝川大膳《たきがわたいぜん》を迎えた四代藩主松浦肥前守重信《しげのぶ》が開口一番に問うた。

「そのことでお目通りを願いましてございまする」

滝川大膳が答えた。

「父のことか」

「……………」

無言で滝川大膳が肯定した。

「そなたら遠慮いたせ」

松浦重信が御座の間次の間に控えていた近侍たちに手を振って、他人払《ひとばら》いを命じた。

「大膳、話せ」

「わたくしが語りますよりも披見いただいたほうがよろしいかと」

命じた松浦重信に、滝川大膳が懐から書状を出した。

「見せよ」

「はっ」

いかに江戸家老といえども、家臣でしかない。御座の間上の段へ席を許されてはいなかった。

滝川大膳は書状を精一杯前に突き出しながら、膝で松浦重信に近づいた。

「うむ」

ようやく届いた書状を受け取った松浦重信が読み始めた。

「長崎奉行の馬場か」

嫌そうに松浦重信が頬をゆがめた。

馬場三郎左衛門利重《とししげ》は目付《めつけ》をやっていた。とはいえ、金科玉条のごとく法度《はっと》を厳守させ、秋霜烈日といった目付ではなく、心利きたる振る舞いもできた。そのおかげか、三代将軍家光に重用され、改易になった大名の収城使をよく務めた。

「長崎代官で赴任したときが初見であったが……」

松浦重信が思い出すように目を閉じた。

目付をしていた馬場三郎左衛門は、島原の乱が起こる前年、前例のない異動で長崎代官となった。

「なにかと手助けを願うことになると思う。よしなに頼む」

長崎へ赴任する前に、馬場三郎左衛門は平戸藩松浦家、肥前佐賀藩鍋島家、肥前大村藩大村家、筑前《ちくぜん》福岡藩黒田家などを訪れた。

「こちらこそ、ご指導をお願いいたしたく」

父肥前守隆信の死を受けて藩を継いだばかりだった松浦重信は、辞を低くして対応した。

「藩兵を出されよ」

島原の乱のとき平戸藩に出兵を促したのは馬場三郎左衛門であった。

一年かかったが島原の乱は鎮圧され、馬場三郎左衛門は長崎奉行へと転じた。

「国元に帰りましてございまする」

その後は参勤で国入りするたびに、

「江戸へ参りまする」

出府するたびに松浦重信は、馬場三郎左衛門のもとを訪れて挨拶をしている。

もちろん、挨拶だけで終わるはずもなく、いろいろと話をする。とくにオランダ商館があったときはその交易について根掘り葉掘り訊《き》いてきた。

「わたくしは実務に携わっておりませず」

「南蛮とはいえ、異国とのつきあいを領主が知らぬというのはいかがなものかの」

ごまかそうとした松浦重信の痛いところを馬場三郎左衛門は的確に突いてくる。

「和蘭陀商館《オランダ》を平戸から取りあげた裏には、あやつがいたのではないかと余は思っておる」

松浦重信が憎々しげに言った。

「そうだとすれば、長崎代官となったことも疑うべきでございますな」

滝川大膳が声を低くした。

「島原のことを予想していたと」

「隣家の失政は知られておりました」

問うた松浦重信に滝川大膳が告げた。

偶然ではあるが、平戸藩松浦家の上屋敷の隣は、松倉家の上屋敷であった。

「松倉長門守《ながとのかみ》か。たしかに愚かすぎた」

松浦重信が嘆息した。

島原藩主だった松倉家は、三代将軍の歓心を買うために海外出兵を上申していた。

「公方《くぼう》さまのご威光を天下のみならず、南蛮に轟《とどろ》かせましょうぞ。なにとぞ、呂宋《ルソン》への

「先兵をお命じくださいませ」

松倉勝家の父豊後守重政《しげまさ》が家光に願い出たことが、始まりであった。

「躬《みども》の名前が天下のみならず、南蛮にも聞こえるか」

悪いことに家光がのってしまった。

弟忠長と比べられて、才能が劣ると誹《そし》られた子供のころの体験が、家光の心をゆがませていた。

「よいとは言わぬ。されど国を閉じたままでは、南蛮が我が国へ戦《いくさ》を仕掛けてきてもわからぬ。鎖国は目を閉じるという意味ではない。呂宋の様子を知るくらいはすべきであろうな」

家光は侵攻を認めなかったが、その下調べは認めた。

「大炊頭に知られぬようにいたせよ」

家光は極秘に話を進めさせた。

忠長に媚《こ》びを売っていた連中は家光によって遠ざけられるか潰され、将軍の周囲にいたのは松平伊豆守、阿部豊後守ら寵愛《ちょうあい》の家臣だけで、誰も諫《いさ》めようとはしない。ただ、秀忠のころから重臣として幕政を司《つかさど》ってきた土井大炊頭利勝と酒井雅楽頭忠世《さかいうたのかみただよ》の二人だけが家光に意見をしてくる。もし、そのことについて知ったならば、厳しく諫言《かんげん》してくることは明白であった。

「心得ておりまする」

　家光の言葉に松倉重政は首肯した。

「海外に出向くとなれば、十分な兵を乗せる船がいる」

「兵の数も多いほうがよい」

　松倉重政は領地に重税をかけた。

　そもそも松倉家は大和《やまと》の戦国大名筒井《つつい》家の家老であった。筒井家の伊賀《いが》への転封に従わずに退身、豊臣秀吉に仕えた。その後関ヶ原の合戦で家康に付いたことで、九州島原に封じられた。一国の大名でもなかった松倉家が、その立ち回りのお陰で四万三千石の大名になれた。

「ここで手柄を立てれば……」

　より立身を夢見た松倉重政は圧政を敷いた。

「四万三千石では、軽く見られる。せめて十万石でないと」

　松倉重政は四万三千石の領地に十万石の賦役を課した。

「牢人《ろうにん》を召し抱える。名のある者、功績ある者は、手厚く遇する」

　十万石にふさわしい軍備を松倉重政は整えようとした。

「まずは、南蛮人を雇って呂宋への海路を手に入れようぞ」

　いよいよ海外への進発を始めようかというところで、松倉重政は病死した。

「公方さまのお望みである」

父の遺言を松倉勝家は引き継いだ。島原の苛政は続き、ついに耐えかねた領民が一揆《いっき》を起こした。

「馬場三郎左衛門は誰の手だと考える」

松浦重信が滝川大膳に訊いた。

「その前に、殿。一つ前提をお伺いしても」

「前提……なんじゃ」

滝川大膳の求めに、松浦重信が首をかしげた。

「島原の一揆でございますが……」

そこで一度滝川大膳が一拍空けた。

「焦《じ》らすな」

若い松浦重信が滝川大膳を急《せ》かした。

「馬場三郎左衛門が裏で煽《あお》ったのでは」

「…………」

滝川大膳の言葉に松浦重信が黙った。

「やはりお考えでございましたか」

松浦重信の態度から、滝川大膳が確信した。

「いつ気付いた」

険しい表情で松浦重信が問うた。

「斎が長崎辻番《つじばん》を命じられたときに」

滝川大膳が述べた。

「どういう意味だ」

松浦重信が困惑を見せた。

「あまりにうまく他人を利用すると」

「他人を利用するか……」

滝川大膳の答えに松浦重信が目を閉じた。

「たしかにうまいな。今回のことでも末次平蔵と当家を駒として使おうとしている」

松浦重信が眉間にしわを寄せた。

「しかし、いかに長崎奉行と言ったところで二千六百石の旗本でしかないぞ。いかに抜け荷の一件を見抜いたとしても、それは長崎奉行としての役目の一つでしかない。たしかに手柄とはなるだろうが、執政になれるほどではない。勘定奉行に就けたらいいほうだ」

利用する理由を松浦重信がわからないと首を横に振った。

「一つまちがえば、長崎代官と当家を敵に回しまする。いくら長崎奉行とはいえ、更迭は避けられますまい」

滝川大膳も首をひねった。

「それを踏まえたうえで、もう一度訊く。そなたは馬場三郎左衛門の後ろに誰がいると見ておる」

権力者が馬場三郎左衛門に指示を出していると松浦重信は考えていた。そのうえでの問いに滝川大膳が難しい顔をした。

「少なくとも長崎代官になったときまでは、土井大炊頭さまではないかと」

「ふむ。では今はどうだ」

松浦重信が先を促した。

「松平伊豆守さまか、あるいは……」

「二人のことじゃ」

滝川大膳が言うべきかどうかと戸惑った。

他に聞いている者はいない、ためらうなと松浦重信が命じた。

「公方さま……」

「………」

松浦重信が滝川大膳の口から出た人物に絶句した。

「松平伊豆守さまとは、島原の乱以降馬場さまはなんどもお会いになっておられまする」

長崎代官をやっている最中《さなか》に起こった謀叛《むほん》に、馬場三郎左衛門は出陣している。それも総大将板倉内膳正《ないぜんのかみ》重昌の副将格としてであった。

当初、幕府は島原の乱をたかが百姓一揆と軽く考えていたこともあり、総大将を旗本の板倉重昌にさせた。これが島原の乱鎮圧に動員された諸大名の不満を招いた。

「たかが旗本に指図されるなど」

大名たちからすると旗本は徳川の家臣でしかなく、天下を統べる将軍の直臣である大名と同格ではないと考えていた。ようは、大名になれない器量しか持たない板倉重昌を軽視したのである。これは室町幕府が制定した直臣の格がまだ大名のなかに残っていたことによった。

かつて室町幕府は大名たちを格付けした。三管領《さんかんれい》を頂点に相伴衆《しょうばんしゅう》、国持衆《くにもちしゅう》、准国持衆、外様衆《とざましゅう》、供衆《ともしゅう》などに分かれており、旗本はそれらのさらに下、奉公衆であった。

この格差逆転が大名たちの矜持《きょうじ》を刺激し、板倉重昌の指図を皆無視したり、曲解したりした。

それでは戦に勝てるはずもなく、討伐軍は敗戦を繰り返した。

「このままでは、一揆が飛び火しかねぬ」

ようやく幕府はここに来て島原の乱の大きさと怖《おそ》ろしさを知り、あわてて執政の松平伊豆守を向かわせた。

総大将を入れ替えられるなど前代未聞であった。

「おまえでは勝てない」

そう家光から言われたに等しい。

「武門の恥」

このまま受け入れれば、板倉家は恥さらしになる。

板倉重昌は、松平伊豆守が着任するまでに一揆勢が籠もる原城を落とそうと総攻撃をおこなわせ、その先頭に立って出撃し、討ち死にした。

その後は松平伊豆守の采配というより、老中という権威に諸大名が頭《こうべ》を垂れたことで、原城は落ち、戦は勝利となった。

「馬場がいい気分でいたとは思えぬ」

「はい」

松浦重信のため息に滝川大膳が首肯した。

島原の乱には勝てた。だが、それは旗本では大名を指揮できないという結果を残した。さらに副将格だった馬場三郎左衛門が板倉重昌の戦いをうまく支えきれなかったことも天下に知れた。

「松平伊豆守さまの総大将赴任は馬場にとっても不本意であったはずだ。なにより論功行賞の対象にはなり得ぬはずだ。手柄どころか醜態をさらしたのだからな」

「されども馬場三郎左衛門さまは、長崎代官から長崎奉行へと立身された」

松浦重信と滝川大膳が顔を見合わせた。

「なにもかもが異例すぎる」

外町という狭い百姓地を差配し、年貢を集めるのが役目である長崎代官は、代官のなかでもその規模は少なく三千石もなかった。飛騨《ひだ》代官や韮山《にらやま》代官などが数万石を差配するのに対して比べものにならない。また身分も低く、代官のほとんどは目見え以下の御《ご》家人《けにん》であった。

「最初から御上《おかみ》がすべてを……」

「やも知れぬな」

滝川大膳の疑いを松浦重信も認めた。

「大膳、斎に釘《くぎ》を刺しておけ。あまり馬場には深入りをするなと」

「よろしいのでございますか。長崎奉行さまを敵に回すことになりかねませぬ」

松浦重信の命に、滝川大膳が危惧を口にした。

「なかなかに難しいことをさせられているのだ。そう簡単に目処《めど》が付くことはない。一年や二年はごまかせるだろう」

「ごまかすだけでは……」

それほど馬場三郎左衛門は甘くないだろうと滝川大膳が懸念を表した。

「そのうちに斎を江戸へ呼び戻す」

「それが許されまするか」

弦ノ丞を長崎から外すと言った松浦重信に滝川大膳が驚いた。

「おそらく、そのころには馬場は斎のことなどにかまっていられる余裕はなくなっているはずだ。土井大炊頭か松平伊豆守か、どちらにせよ幕府の執政が長崎奉行の思惑に嵌《は》められたのだ。黙ってはおるまい」

「それが公方さまのお指図だとしてもでございまするか」

滝川大膳が尋ねた。

「だからよ。己が傀儡《かいらい》だと知って腹が立ったところで、公方さまにはなにもできまい。怒りや恨みは馬場に向かうことになる」

「公方さまは……」

「かばわれるはずはなかろう。使い終わった道具に未練などもたれるはずもなし」

窺《うかが》うような滝川大膳に、松浦重信が断言した。

二

長崎代官末次平蔵は、弦ノ丞から牢人討伐の報告を受けて顔色を変えた。

「外町にも牢人による被害が出たか」

懸念していたことが実際に起こった。

「今度《こたび》は人死には出なかったか……」

幸運はいつまでも続かないと末次平蔵は知っていた。

今回は弦ノ丞たち長崎辻番が、偶然その場に巡っていてくれた。さらに百姓家に籠もろうとしていた牢人の数が少なかったというのも幸いであった。

もし、弦ノ丞たちがいなければ、百姓家はまちがいなく乗っ取られ、奪うものがなくなるまで搾取された。そしてなにもなくなれば、味を占めた牢人たちは別の百姓家を襲っていたはずである。

「どうもおかしい」

近隣が気付くまでに何軒もの百姓家が潰される。

「捕りものである」

長崎代官所が対応するべきだが、人員がまったく足りていなかった。

年貢を集めるだけの長崎代官所には、書き仕事をする手代が十人と雑用をこなす小者が何人かいるていどで、武器を取って戦える者はいなかった。

「五年前ならば……」

もともとは長崎で朱印船貿易にかかわって財をなし、一時は長崎の乙名衆《おとなしゅう》として商人たちを仕切る隆盛を誇った末次家であったが、先代が台湾《タイオワン》で事件を起こし、江戸で獄死したことで落魄《らくはく》している。

なんとか店は維持できているが、交易船はすでに取りあげられてしまっている。

「頭を櫂《かい》でたたき割ってやろうかあ」

船乗りは命知らずなだけでなく、海賊との遣《や》り取《と》りも経験していて戦える。それこそ、そのあたりの武士なら相手にならないくらい強い。その命知らずの船乗りたちももういなかった。

「お願いをいたしまする」

自前で対応できないとなれば、頼るところは長崎奉行所しかない。

「人を出してやる」

長崎の治安にかかわることだけに、長崎奉行所も対応はしてくれる。とはいえ、ただではないのだ。

もちろん、露骨に現金を要求してくることはなかった。

牢人捕縛に出向いてくれた与力や、同心、小者たちは末次平蔵の出した礼金を喜んで受け取ってくれる。これで出役の清算はすむ。

だが、馬場三郎左衛門は小判を積んだところで受け取ることはない。

「貸しじゃ」

「わかりましてございまする」

馬場三郎左衛門に弱みを握られる。

それがどれほど大きな代償《もの》になるか、想像するだけでも怖ろしい。

「助かった」

支配地が襲われたという恐怖と同時に、今回の結末に末次平蔵は安堵《あんど》していた。

「斎さまには詫《わ》びと礼をせねばなるまい」

すでに弦ノ丞ら長崎辻番は市中警固へと戻っている。

「なぜ郷におる。外町は役目に含まれておるまい」

馬場三郎左衛門から咎《とが》められるからであった。

「お代官さま、この牢人どもの死骸はいかがいたしましょう」

戸板で運ばれてきた牢人の死体の始末について、手代が問うてきた。

「首は馬町で晒《さら》す。郷だからといって甘くはないとの見せしめにちょうどよかろう」

末次平蔵が冷たく言った。

「胴体は近くの寺に埋めてもらえ。代金は牢人の持ちもので賄えよう」

「それが……」

手代が言いよどんだ。

「どうした」

「衣服を含めて、刀も懐中物も一切がなくなっておりまして」

首をかしげた末次平蔵に手代が報告した。

「百姓家だな」

「はい」

たしかめた末次平蔵に手代が首を縦に振った。

「落ち武者狩りのつもりか」

末次平蔵が嘆息した。

襲われた百姓の夫婦が、腹いせと余得とばかりに牢人たちの身ぐるみを剝いだのである。

「刀だけ取り戻せ」

「知らぬ顔をいたしましょう」

人というものは一度手にしたものを手放したがらない。ましてや百姓仕事は金と縁が薄い。刀や牢人の衣服などは、多少傷んでいても買い取ってもらうことができる。つまり、死体剝ぎは、貴重な現金収入であった。

「ならば、死体をおいて来てやれ」

金を取るなら、後始末もしろと末次平蔵が怒った。

「ああ、ついでに年貢のときを楽しみにしろとも伝えよ」

末次平蔵が脅してこいとも付け加えた。

代官だからといって、勝手に一軒だけ年貢を重くすることはできないが、

「悪米である」

年貢の受け取りを拒否したり、

「検分を念入りにいたす」

納められた俵から検査のために抜き取る米の量を増やすことはできた。

年貢の受け取りを拒否されれば、未納となり入牢《じゅろう》などの罰を受ける。また、検分で減ったぶんの米は、百姓が補わなければならない。

どちらも代官が法度に触れずにできる嫌がらせであった。

「そのように」

手代が走っていった。

「知らぬ顔もできぬ」

末次平蔵は事態を長崎奉行所へ届けるために腰をあげた。

長崎代官は勘定奉行の支配を受ける。長崎奉行所とはまったく別系統ではあるが、一応の連絡はしておかないと後日どのような形で苦情を喰《く》らうことになるかがわからなかった。

「支配調べ役か、与力で終われば……」

末次平蔵としても馬場三郎左衛門と顔を合わせたくはない。

代官は格からいけば支配組頭と同じになる。基本、代官の来所は支配組頭が対応し、多忙な長崎奉行はまず出てこなかった。

長崎代官所を兼ねる末次平蔵の屋敷は勝山町《かつやままち》にある。長崎奉行所のある本博多町《もとはかたまち》まではさほど離れてはいない。

「末次どのではないか」

門番が末次平蔵に気付いた。

「お報《しら》せせねばならぬことができた」

末次平蔵が代官として言った。

「しばし、お待ちあれ。すぐにお奉行さまに」

「ああ、そこまでは不要。与力どのか支配調べ役どので……」

「末次どのが来られたら、報せよとのお言葉でござる」

止めようとした末次平蔵を残して、門番が奉行所のなかへと入っていった。

「抜かりのない」

残された末次平蔵が口のなかでぼやいた。

「お通りあれ」

すぐに門番が戻ってきて、馬場三郎左衛門が呼んでいると伝えた。

「さようか。ご苦労である」

ねぎらって末次平蔵が小さく息を吐いた。

「ご多忙のところ、お手をわずらわせましたことをお詫びいたしまする」

執務部屋前の廊下で末次平蔵が手を突いた。

「よい。もっと近《ちこ》う参れ」

手にしていた書付を置いて、馬場三郎左衛門が末次平蔵を招いた。

「畏れ多いこと」

「刻《とき》が無駄じゃ。形式は不要」

目上の近くにいくための礼儀を馬場三郎左衛門が一蹴した。

「……はっ」

否やは言えない。末次平蔵が膝行した。

「なにがあった」

茶も白湯《さゆ》も出さず、馬場三郎左衛門がいきなり問うた。

「さきほど……」

末次平蔵が経緯を語った。

「……長崎辻番がなぜ外町にいた」

牢人のことなどどうでもいいと、馬場三郎左衛門は弦ノ丞たちの行動に眉をひそめた。

「存じませぬ」

「会ったのだろう」

首を横に振った末次平蔵に、馬場三郎左衛門が怪訝《けげん》な顔をした。

「牢人どものことを報せに小者を寄こした」

「…………」

末次平蔵の話を聞いた馬場三郎左衛門が目をすがめた。

「まことのようだな」

馬場三郎左衛門が末次平蔵から目を離した。

「わかった。もうよい」

話は終わりだと馬場三郎左衛門が手を振った。

「お奉行さま、牢人のことはいかがいたしましょう」

今後も牢人の侵入はあると末次平蔵が対応を馬場三郎左衛門へ問うた。

「知らぬ」

馬場三郎左衛門が書付に目を落とした。

「外町のことはそなたの責任である」

「好きにしてよいと」

担当外だと拒んだ馬場三郎左衛門に、末次平蔵が念を押した。

「やりようによる」

平然と馬場三郎左衛門が口出しをすると言った。

「では、御免」

末次平蔵はそれ以上応えずに座を立った。

「ああ、末次」

座敷を出かかった末次平蔵を馬場三郎左衛門が呼び止めた。

「なにか」

立ったままは無礼になる。向き直った末次平蔵がふたたび膝を突いた。

「帰り道じゃ。斎に参れと伝えよ」

「……はい」

小者扱いされたことに末次平蔵が一瞬顔をしかめたが、文句を口にせず引き受けた。


土井大炊頭利勝は、屋敷で荒い息を吐いていた。

「そろそろかの」

自らの死期を土井大炊頭は感じていた。

「いいや、まだ死ぬわけにはいかぬ。神君の作られた天下が潰れてしまう」

土井大炊頭が気を張った。

「百姓一揆ごときに老中首座が出るなど、幕府自ら腰が軽いと示しているようなものではないか」

一人きりの座敷で土井大炊頭が嘆息した。

「まだまだ遣えぬわ、伊豆守どもは」

土井大炊頭が吐き捨てた。

「幕府の執政とは、将軍に媚びるものではない。将軍を支える者でもない。将軍を諫める者でもない」

怒りを語気にこめて土井大炊頭が続けた。

「執政とは、その文字のように政を執る者である。つまり老中こそ天下を動かすものでなければならぬ。将軍は天下泰平の象徴。将軍はなにもなさずとも天下人なのだ。親政などとんでもないことだ。政ていどのことで将軍をわずらわせてはならぬ。執政どもに任せておけば、なにも問題ない。そう公方さまにご安心いただかなければならぬと言うに……」

土井大炊頭が声を大きくした。

「なにかございましたか」

それに近習《きんじゅ》が反応した。廊下の外へと他人払いしていた近習が座敷の襖《ふすま》ごしに問いかけてきた。

「左次郎《さじろう》か。なんでもないわ」

「畏れながら、お声が聞こえましてございまする。お襖を開けさせていただきたく」

左次郎と呼ばれた近習が、土井大炊頭を気遣った。

「開けてよい」

土井大炊頭が許した。

「……お大事は」

「ない。変わらぬ」

問題はないかと尋ねた左次郎に土井大炊頭がうなずいた。

「ご無礼をいたしました」

他人払いの最中に邪魔をしたことを左次郎が詫びた。

「いや、これも天の采配であろう。茶を濃くして、頼む」

「ただちに」

土井大炊頭の要求に左次郎が踵《きびす》を返した。

「熱くなりすぎたかの」

思案を中断されたことを土井大炊頭はよいように考えた。

「焦りすぎたようじゃ。己《おの》が寿命を計るようになっては、執政はできぬ。公方さまはそれを見抜かれていた……いや、それはないな。公方さまはそこまで見抜く目をお持ちではない。男の尻を見抜く目はお持ちだが」

土井大炊頭が苦笑した。

「殿、お待たせをいたしましてございまする」

左次郎が盆に茶碗《ちゃわん》を載せて戻ってきた。

「うむ」

受け取った土井大炊頭が、ゆっくりと茶を喫した。

「苦いの」

土井大炊頭が漏らした。

「申しわけございませぬ。濃すぎ……」

「違うわ。茶のことではない」

謝罪しようとした左次郎を、土井大炊頭が否定した。

「ではなんでございましょう」

家臣としては主君の不快を取り除くことこそ重要である。

「…………」

しばらく土井大炊頭が瞑目《めいもく》した。

「……いたしかたないか」

土井大炊頭が目を開けた。

「左次郎」

「はっ」

両手を突いて、左次郎が命を受ける姿勢を取った。

「松平伊豆守どのにな、密《ひそ》かにお出《い》でいただきたいと伝えよ」

「……なっ」

左次郎も土井大炊頭と松平伊豆守が対立していることくらいは知っている。己を政の舞台から引きずり落とした、いわば敵ともいえる松平伊豆守と密談をすると土井大炊頭が言ったのだ。

左次郎が驚いたのも当然であった。

「なにをしておる」

唖然《あぜん》としている左次郎を土井大炊頭が叱った。

「も、申しわけございませぬ。ただちに」

あわてて左次郎が平伏して、行動に移ろうとした。

「そなたも目立つでないぞ。余人に知られたくはない」

「承知　仕《つかまつ》りましてございまする」

左次郎が応じた。

三

平戸藩松浦家長崎辻番詰め所でもある三宝寺は、長崎奉行所から長崎代官所への途中ではなかった。長崎代官所を通り過ぎて、大川を渡り、坂道を登らなければならない。

「斎さまはお戻りでございましょうか」

「おりまする。どうぞ」

ていねいな口調で訪《おと》ないを入れたとはいえ、長崎代官は直臣、弦ノ丞たちは陪臣《ばいしん》である。門の外で待たせるわけにはいかなかった。

「よくぞ、お見えくださいました」

二人きりならば、もう少しくだけた口調でも、他人がいる場で身分をわきまえない言動はまずい。

弦ノ丞が席を立って、末次平蔵を迎えた。

「不意の来訪をお詫びいたしましょう」

末次平蔵も鷹揚《おうよう》に対応した。

「……まずは御礼《おれい》を。よくぞ百姓を救ってくださった」

席を決めた末次平蔵が、弦ノ丞へと頭を少し下げた。

「いえ。目の前で不穏なことがあれば、立ち向かうのが武士の役目でございまする」

弦ノ丞が手を振った。

「膳田、茶を頼んできてくれ」

「はっ」

同席していた配下を弦ノ丞が遠ざけた。

「……助かりました。本当に。一つまちがえていれば、何軒の百姓家が潰されていたか」

二人きりになった末次平蔵が安堵のため息を吐《つ》いた。

「いや、お話がございましたので。ですが、代官どのの懸念は当たっておりましたな」

弦ノ丞が、末次平蔵の懸念が不幸を防いだと称賛した。

「これからも参りましょうか」

末次平蔵が問うた。

「首を晒されたのでございましょう」

町の噂は早い。とくに人通りの多い馬町での晒しである。すでに弦ノ丞のもとにも晒し首のことは聞こえていた。

「武力を持たない代官所としてできる精一杯でござる。少しでも牢人どもがためらってくれればよいのですが……」

「追い詰められていれば、効果は薄いかも知れませぬ」

不安そうな末次平蔵に弦ノ丞が首を左右に振って見せた。

「どういたせばよいか」

「五人組は」

悩む末次平蔵に弦ノ丞が問いかけた。

五人組は、キリスト教禁教の実をなすために豊臣秀吉が慶長《けいちょう》二年（一五九七）に定めたものであった。

律令のころから年貢の納付を万全とするためによく似た制度はあったが、朝廷の権威の崩壊とともに崩れていたものを豊臣秀吉が復活させた。

それを徳川幕府も採用していた。とはいえ、大名領までは口出ししない。五人組を使っていない藩もあるが、ここは幕府領の長崎である。ましてや隠れキリシタンの姿も垣間見えるだけに、五人組はしっかりと設けられていた。

「それが難しいので」

「なにがでござろうか」

嘆息した末次平蔵に弦ノ丞が首をかしげた。

「切支丹《キリシタン》で五人組ができているところがいくつかありまして」

「……それは」

「神を信じる者の集まりだけに、牢人でも切支丹だとかばい、隠すのでござる」

「切支丹を暴くための五人組が逆の効果を生んでしまっている……」

弦ノ丞が息を呑《の》んだ。

「御上へのお届けは」

「できるとお考えで」

末次平蔵が弦ノ丞を見つめた。

「できませぬな」

弦ノ丞もため息を吐いた。

島原の乱に参加しなかったことで、長崎のキリスト教徒は無事であった。表向きは浄土宗や真言宗などに帰依した形を取って、おとなしく幕府の命にも従っている。そこに弾圧という火種を投げこめば、それこそ島原、天草以上の騒ぎになる。

「タイオワンには英吉利《イギリス》の戦船が控えていると聞きまする」

「英吉利の戦船……」

江戸詰めだった弦ノ丞は、平戸の湊《みなと》に滞在していたイギリス軍艦を見たことはなかったが、その威容は耳にしている。

「黒田さまや鍋島さまの関船《せきぶね》や小早《こばや》では、相手になりませぬ」

朱印船貿易商人でもある末次平蔵は、イギリスやオランダ、ポルトガルの軍艦がどれほど強いかを知っていた。

「長崎で切支丹の一揆が起こったと知れば、英吉利は好機とばかりに手を出して参りましょう。一隻の船に三十門、四十門も大筒が積まれておりまする。それが長崎の町に撃ちこまれては……」

「焼け野原……」

末次平蔵の言葉の未来《さき》を弦ノ丞が想像した。

イギリスが日本との交易再開を望んでいるのは確かであるが、領土を切り取る絶好機を見逃すわけはなかった。

さらに長崎には同じ神を信じる者同士ということで好感を持ってくれる隠れキリシタンが大勢いる。また、長崎に逗留《とうりゅう》していたこともあるイギリスはその地形をよく知っている。長崎は峠と海を押さえてしまえば、難攻不落の城になる。普通の城ならば、囲まれての兵糧攻めという手が使えても、海があるかぎり、台湾からの補給は防げない。

「知らぬ顔をするしかない」

「むうう」

末次平蔵の説明に弦ノ丞がうなった。

「しばらくはこちらで巡回をするしかなさそうでござるな」

弦ノ丞が述べた。

「それがでございますが……」

馬場三郎左衛門の呼び出しを末次平蔵が伝えた。

「お叱りを受けるか」

要らぬことをする暇があるならば、さっさと土井大炊頭が抜け荷にかかわっていたという証《あかし》を探してこいと、馬場三郎左衛門が要求するのは目に見えていた。

「釘を刺された後も巡回を続けたら……」

「なにかしらの咎を受けましょう」

弦ノ丞の嘆息に、末次平蔵が苦い顔をした。

「咎めはまずい」

長崎奉行は西国大名の監察も兼ねている。武器の大量保持で松平伊豆守に睨《にら》まれた平戸藩松浦家としては、これ以上幕府の機嫌を損ねるわけにはいかなかった。

「一つお伺いいたしたいのでござるが」

末次平蔵が弦ノ丞に質問の可否を問うた。

「なんなりと」

「松浦さまとしては、今後も警固役のお方を増やされるおつもりはございますか」

認めた弦ノ丞に末次平蔵が藩秘ともいうべきことを訊いた。

「正式に長崎警固を命じられたならば、あと十人ほどは出向くことになりましょう」

弦ノ丞が答えた。

「もう少し増やすことはできませぬか」

「藩士は難しゅうございましょう」

末次平蔵の求めに弦ノ丞が首を左右に振った。

大名には軍役があり、石高に応じただけの武士や足軽などを抱えなければならない。

六万三千二百石の平戸藩松浦家だと、騎乗できる身分の武士を九十人、それ以外の徒《かち》、足軽、小者などをおよそ一千二百人となっている。

その人数を国元と江戸に配さなければならない。長崎に回す人数には限界があった。

「なにより鍋島家、黒田家などへの配慮もせねば」

弦ノ丞が大藩である両家との兼ね合いがあると告げた。

長崎警固を任じられても、平戸藩松浦家は小身のうえ、新参である。その松浦家が、西国の雄といわれる両家よりも多い、あるいは分を越えた人員を長崎に配置などすれば、黒田や鍋島の面目を潰すことになる。

「お見事なお覚悟でござる。それだけのことをなさるならば、当家は不要でござろう」

嫌味を言われるだけならまだしも、

「引きあげましょうぞ」

警固の数を減らされたりしたら大事になる。

「そちらの責任じゃ」

馬場三郎左衛門は両家が抜けたぶんまで仕事をさせようとする。

大領を誇る両家でさえ、長崎警固は負担なのだ。とても今のオランダ商館を失った松浦家ができるものではない。

「十人のご家中に足軽や小者をくわえると」

「三十人ほどでしょうな」

もう一度確かめた末次平蔵に弦ノ丞が勘定した。

「それだけをこの三宝寺だけで賄えまするか」

「厳しゅうございますな。なるほど」

弦ノ丞が末次平蔵の言いたいことに気付いた。

「警固役を正式に拝命し、長崎に屋敷を持つまでの間だけになりますぞ」

「こちらが武力を整えるまでの間だけで助かります」

小藩だからこそ、見栄を張らなければならない。やりすぎれば睨まれ、足りなければ舐《な》められる。三宝寺での滞在で十分なのだが、それは臨時役だからこそ許されることであり、いずれ石高にふさわしいだけの長崎出屋敷は用意しなければならなかった。

「ということは、武力に当てがあると」

今度は弦ノ丞が尋ねた。

「牢人を雇うつもりでおりまする」

「……牢人をっ」

敵である牢人を取りこむと口にした末次平蔵に弦ノ丞が驚愕《きょうがく》した。

「はい。世間には牢人が溢《あふ》れておりますから。選び放題ですからな」

「確かにそうですが、獅子身中《しししんちゅう》の虫を飼うことになりかねませぬぞ」

笑った末次平蔵に弦ノ丞が懸念を表した。

「もちろん、吟味をいたしますよ。腕だけでは遣いものになりません。頭も要りますからね」

末次平蔵がうなずいた。

松倉家、寺沢家の改易で数千の武士が世に放たれた。玉石混淆ではあるが、少なくとも乱世を生き抜いてきた者たちの洗礼を受けてきている。もちろん、明日の生活を奪われた怒りで碌《ろく》でもないまねをする者がほとんどであるが、なかには腕も頭も優れている者もいた。

「なるほど」

弦ノ丞が納得した。

「で、ですな。馬場さまのこととは別にお願いがあるのですが」

「拙者にできることであれば」

末次平蔵の願いに、弦ノ丞は首を縦に振った。

「牢人を選ぶお手伝いをお願いしたい」

「人を見るほどの能はございませんよ」

弦ノ丞が拒むというより遠慮した。

「わたくしよりはましでしょう。わたくしは剣術なんぞ習ったことはございませんし」

「……学ぶより実践でございましょう」

手を振った末次平蔵に弦ノ丞が目を細めた。

弦ノ丞は末次平蔵が穏やかな見た目とは違っていると感じていた。

「若いときの話で」

笑顔のまま目から感情を消した末次平蔵が応じた。

四

呼び出しを受けたら、即座に応じなければならなかった。

とはいえ巡回中とか、捕まえた者の取り調べをしているとか、事情があれば多少の遅参は許された。

もちろん、それにも限界があった。

長崎奉行をはじめとして上役というのは待たすことは平気だが、待たされるのは我慢ならない。

「遅い」

馬場三郎左衛門が伺候した弦ノ丞に文句を言った。

「申しわけございませぬ」

弦ノ丞は言いわけせずに、謝罪した。

「以降気を付けよ」

「はっ」

「さて……」

釘を刺して気がすんだのか、馬場三郎左衛門が本題へ入った。

「長崎代官から報告があったことについてだ。なぜ、そのことを奉行所に届け出ぬ」

馬場三郎左衛門が詰問した。

「場所が外町、郷のことでございましたゆえ、長崎代官さまから報告されるのが筋かと存じまして」

弦ノ丞が理由を告げた。

「筋は通っておるな」

役人として越権行為は避けるべきだと答えた弦ノ丞の言い分を、馬場三郎左衛門は認めた。

「では、なぜ巡回路ではない外町に、長崎辻番がいた。まさか、長崎辻番はその地すべてを守るものだなどと申すのではなかろうな」

馬場三郎左衛門がまさに越権行為だと咎めだてた。

「とんでもないことでございまする」

まず、弦ノ丞が否定した。

「そこにいた理由を問うている」

さらに厳しく馬場三郎左衛門が追及した。

「そのことでございまするが、当家ではお奉行さまのお指図に従うため、長崎辻番の増員をおこなうことにいたしましてございまする」

まだ藩庁に相談もしていないが、ここは嘘《うそ》も方便だと弦ノ丞は判断した。

「ほう、それは重畳であるな」

馬場三郎左衛門が満足げにうなずいた。

「ですが、人が増えましたら三宝寺の間借りではいささか厳しく……」

「内町に屋敷を構えればよいだろう」

言いかけた弦ノ丞を押さえるように、馬場三郎左衛門が述べた。

「正式に拝命したと考えてもよろしゅうございますか」

弦ノ丞が、幕府は平戸藩松浦家を長崎警固役に任じたと受け取っていいのかと尋ねた。

「それはならぬ」

馬場三郎左衛門が苦い顔をした。

老中の許可は取っていない。馬場三郎左衛門が己の判断だとして松浦家に長崎警固をさせたとなれば、なにかあったときの責任も持たなければならない。

「はい」

馬場三郎左衛門の拒否に弦ノ丞が頭を垂れた。

「では、外町にいたのは」

「空いている場所を探しておりました」

「番所として使えるところを……か」

「さようでございまする」

確認した馬場三郎左衛門に弦ノ丞が首肯した。

「…………」

馬場三郎左衛門がじっと弦ノ丞を見つめた。

「……そうか。で、よいところは見つかったか」

静かな声で馬場三郎左衛門が訊いた。

「あいにくとなかなかに難しく」

弦ノ丞が首を横に振った。

「どこでもいいだろう、空いておれば」

「そうは参りませぬ。番所にはいろいろと条件がございまする。巡回の経路から離れすぎてはならず、いざというときすぐに対応できること。攻められたとき守りやすいこと。なにより秘密を保持できること」

あっさりと言った馬場三郎左衛門へ弦ノ丞が告げた。

「たしかにそうであるな」

馬場三郎左衛門が認めた。

「でございますれば、今、しばしのご猶予をいただきたく」

「やむを得ぬが、なにもそなたが場所探しをせずともよかろう。他の者にさせよ。そなたは本来の任に邁進《まいしん》いたせ」

時間稼ぎを口にした弦ノ丞に馬場三郎左衛門が鷹揚に言った。

「お言葉のままに」

弦ノ丞が平伏した。


松倉家、寺沢家の牢人たちのなかから、不満を持つ者が集まり始めた。

「たった一人の主君が、数百、数千を路頭に迷わせるなど許せぬ」

「大名を潰すのならば、最初から作るな」

「我らになんの罪があると言うのだ」

ずっと放浪していた者、一度は帰農しながらも稔《みの》りを待つだけの辛抱ができなかった者などが、一つにまとまろうとしていた。

「我らにこの国は狭すぎる」

「徳川の天下に未練などないわ」

誰が言い出したのか、牢人たちは長崎を目指した。

「長崎を我らのものにするぞ」

「和蘭陀《オランダ》船を奪うのだ」

いつの間にか牢人たちは一つの勢力となりつつあった。

当然、そんな牢人たちの動きはすぐに知れた。

「いかがいたしましょう」

「放っておけ」

気付いた大名たちは、牢人の行動を放置した。

「うかつに手を出して領内で騒ぎを起こされては、松倉や寺沢の二の舞になる」

幕府は大名を潰す名目を探している。そんなときに牢人たちと一戦交えたなど、虎の前に肉を置くようなものだ。

「長崎は幕府領だ。なにがあっても我らには責はない」

大名にしてみれば、家が水漏れするより、隣家で大火事が起こるほうがましだ。島原の乱で一揆鎮圧を命じられた九州の諸大名たちは大きな損害を出しながら、幕府はなんの補償もしなかった。

優秀な将兵を四千人以上、無駄死にさせた板倉重昌はその命で償ったが、家は潰されず、嫡男重矩《しげのり》に受け継がれている。

いかに旗本と外様大名の差はあるとはいえ、あまりに違いがありすぎた。従属しているとはいえ、肚《はら》の底から忠義を誓っているわけではない。

積極的な協力をすることはないどころか消極的な対応、いや、足を引っ張るように動いていた。

さらに牢人たちも馬鹿ではなかった。

「一つになるのは長崎に入ってからだ」

牢人たちは三々五々にばらけて、長崎を目指した。

そこに悪条件が重なった。

長崎奉行を補助すべく、島原に封じられた高力家が、自領のことで手一杯であり、とても気を配れる状況にはなかった。

「不穏な牢人が長崎に集まっている」

それでも長崎奉行には情報が届いた。

「長崎警固の外様大名どもに、牢人狩りをさせよ」

馬場三郎左衛門が命じた。

「承った」

「お任せあれ」

黒田家、鍋島家の長崎警固役が勇んで出撃した。

「もう松浦に大きな顔をさせはせぬ」

「たかが牢人など、我らの敵ではない」

長崎警固の役を担う藩士たちが、牢人と見れば襲いかかった。

「なぜだ」

「我らがなにをしたと言うのだ」

かかわりのない牢人にしてみれば、油断しきっているところへの攻撃である。多くの牢人が捕縛されるか、無惨にも斬り殺された。

「今日は二人斬ったぞ」

「拙者などこの三日で五人だ」

警固役たちが武を誇った。

「牢人をなんだと思っている」

「人ではないというか」

これがおとなしかった牢人をも怒りに染めた。

「そこの牢人、胡乱《うろん》である。取り調べるゆえ、腰のものを外せ」

福岡藩黒田家の長崎警固役が、見かけた牢人に命じた。

「…………」

それに応じず、牢人が逃げ出した。

「追うぞ」

「おう」

二人の黒田家長崎警固役が牢人を追った。

「あそこを曲がった」

「すぐに逃げるなど根性なしが」

後に続いて角を曲がった長崎警固役が、慌てて足を止めた。

「罠《わな》にかかりおったわ」

「馬鹿め」

角の向こうには牢人が四人待ち受けていた。

「まずいっ」

「一度引いて態勢を」

長崎警固役たちが背を向けようとした。

「逃げられると思うのか」

いつのまにか曲がり角のところに牢人が一人いた。

「挟まれたっ」

長崎警固の一人が顔色を変えた。

「どけっ」

もう一人が立ち塞がる牢人に手を大きく振った。

「ふん」

鼻で嗤《わら》って牢人が太刀《たち》を抜いた。

「ぬ、抜いたな。わかっているのか、我らは御上から長崎警固を命じられた黒田の家中である。その我らに手向かうは、御上、幕府への謀叛《むほん》と同じぞ」

長崎警固役が脅すように言った。

「御上とは笑止」

「だの。牢人はすべてを失いし者。その牢人に怖れるものなどあろうはずはなかろう」

牢人たちが嗤いを浮かべた。

「た、助けてくれ」

「見逃してくれ。金ならやる」

権威が通じないと知った二人の長崎警固役が財布を出しながら、命乞いをした。

「好き放題に牢人狩りをしておいて、狩られる側になった途端、それか」

「財布は仕舞え。なあに、すぐにこちらのものになる。死人から奪うのは楽だからな」

「なんとか衣服を汚さずにはいけぬか。着替えとして欲しい」

牢人たちが嘲弄を始めた。

「ひっ」

「わぁあ」

逃がすつもりがないとわかった二人の警固役が錯乱した。

太刀を振り回して、一人で退路を塞いでいた牢人へと襲いかかった。

「くたばれ」

「そこを開けろ」

警固役が一人の牢人へ斬りかかった。

「ふん」

牢人が腰を落として、居合抜きを見せた。

「……えっ」

「がっ」

たった一度左右に振られた太刀で二人の警固役がともに首の血脈を断たれ、死の絶叫をあげることもできず死んだ。

「一人で封鎖できるからここを任されたとわからなかったのか」

太刀に拭いをかけながら牢人があきれた。

「さあ、狩りの始まりだ」

牢人たちが気勢をあげた。

牢人によって長崎警固役が次々と命を落とした。

しかし、その報せが馬場三郎左衛門のもとへ届くことはなかった。

「身ぐるみを剝がれた死体が」

打ち捨てられた警固役の死体はその身元を明かすものを何一つ持っておらず、牢人狩りで殺された者と同じように一通りの検分を終えたら投げ込み寺へと葬られたからであった。

「家中の者が牢人にやられたなどと、藩の恥じゃ」

黒田家や鍋島家が警固役の未帰還を知りながら、長崎奉行へ報せなかったことも事態の把握を遅くさせた。

「追加の人員を」

さらにすべてを闇のなかで取り繕おうとした黒田家や鍋島家の思惑が、より状況の悪化を招いた。

「待て」

牢人たちの逆襲に遭っているところへの派遣となる。言うまでもなくかなりの腕前の者を出さなければ、ただ被害を増やすだけになってしまう。

「選出にときが」

慎重な藩の姿勢は当然のものであったが、兵は拙速を尊ぶという兵法書の教えがこの場合正しかった。

「峠を押さえる」

藩がもたついている間に、牢人たちは長崎街道の難所である日見峠《ひみとうげ》を封鎖するために人員を出した。

「船はならぬぞ」

長崎の湊に入る船はすべて長崎奉行所の臨検を受けなければならない。もちろん、黒田家、鍋島家だとわかれば問題なく通してもらえるが、積み荷が調べられることは避けられなかった。

「人……」

乗っているのが藩士だけで荷物がなければ、そこに違和が生じる。

「両家ともに人を」

船だと近いが、歩きに比して面倒なのもたしかであった。風や雨で被害が出ることもある。なにより費用がかかる。

とくに鍋島家など長崎まで指呼の間であり、黒田家でも一日二日の距離でしかないのだ。船よりも歩行で向かうほうが早い。

有能な官吏はこういった細かいところを見逃さない。

「黒田の者を呼べ」

「鍋島の警固役頭に説明をさせよ」

すぐに馬場三郎左衛門の目に留まり、

「じつは……」

真実を話さなければならなくなる。

追加の藩士を送るのが遅れたうえに峠越えをさせた。

「……ぐえっ」

「な、なんだ」

牢人のなかには弓を遣う者もいる。

「待ち伏せ……」

あわてて対応しようにも、旅をする武士は刀身に水が入ることを嫌って柄袋《つかぶくろ》をかぶせている。いや、旅の心得として皆がそうしている。

「飼い犬には、心構えがないと見える」

「準備ができておらぬのを襲うなど、卑怯……」

「戦場に卑怯もなにもあるか。生き残った者が勝ちよ」

すでに太刀を抜いている牢人たちに、袋を外すのに手間取っているようでは勝負にさえならない。

「身ぐるみを剝いで、崖の下へ放り出してしまえ」

　こうして追加の人員は消えた。

「長崎警固の者である。長崎に入る隠れ切支丹を探しておる」

　奪い取った衣服を身にまとい、長崎警固役に扮《ふん》した牢人たちが長崎へ入ろうとする商人たちを検《あらた》める。

「怪しいやつめ」

　他人目がないときは、物陰へ連れこんで殺害、懐中物を奪う。

「まだ本国からの者は来ぬか」

　また、いつまで待っても来ない増援に警固役たちが焦り、催促の使者を出すがそれも峠で始末されてしまう。

「なんとかなったようだ」

　藩庁は追加の使者が来ないことで、長崎は落ち着いたと判断する。

「これ以上の被害は容認できぬ」

　警固役は牢人狩りを停止するしかなくなる。

　牢人たちによって長崎は掌握されつつあった。

第三章　商人のあがき

一

土井大炊頭の呼び出しに、松平伊豆守は応じた。

「他人目《ひとめ》を忍ばねばなりませぬ」

ただ松平伊豆守は土井大炊頭の屋敷を訪れることは拒んだ。

どちらも執政だけに、与えられている屋敷は江戸城の内郭《うちぐるわ》にある。内郭は大名や役人が登城のときに通るだけに、他人目が多い。どれだけ装っても、他人目を引くことは防げない。

「どのような話を……」

土井大炊頭と松平伊豆守の間がよくないことは、天下万民が知る。

仲の悪い執政同士が密会しているなどと知れようものならば、たちまち興味を持った者たちが蠢《うごめ》く。

「寛永寺《かんえいじ》ではいかがか」

「よろしゅうござろう」

土井大炊頭の提案に松平伊豆守が同意した。

寛永寺は徳川家康、秀忠、家光の三代が帰依した天台宗の高僧天海大僧正《てんかいだいそうじょう》が開祖となった徳川家の祈願寺である。

江戸へ封じられたとき、徳川家康は名刹として関東に聞こえていた増上寺《ぞうじょうじ》を、菩提《ぼだい》寺として遇した。

菩提寺というのは、そうそう造るものでもないし、数をそろえるというわけにもいかない。そのため寛永寺は祈願寺とされている。

「なんとか御師《おし》に報いたい」

将軍継嗣の問題のさなか、不安な家光を支えてくれたのが天海大僧正であった。家光はその恩返しとして、天海大僧正のための寺を建立した。

すでに土地は二代将軍秀忠が用意していたが、さほど建立は進んでいなかった。それを家光は加速させた。

朝廷からときの元号を寺号として使うことを許され、勅願寺となった寛永寺は、家光の思いも重なって格別な寺として厚遇されていた。

「東照宮で偶然といたしましょうぞ」

「承知」

待ち合わせの場所も決まった。

寛永寺は寛永二年（一六二五）に本坊を建立したのち、寛永四年に法華堂、常行堂、多宝塔、輪蔵、東照宮を、さらに寛永八年に清水観音堂《きよみずかんのんどう》、五重塔と建物の数も増やしている。さらに根本中堂《こんぽんちゅうどう》や僧坊なども予定されている。

すべてが完成したときには、増上寺をしのぐ規模になると噂《うわさ》されていた。

また、祈願寺ということもあり、徳川家にかかわりがない者の出入りは少ない。というより、現状はほとんどなかった。

家光が家康の命日などで参拝するときは、争って大名が供奉《ぐぶ》するが、それ以外はほとんど人気《ひとけ》がないといえた。

その寛永寺のなかでも東照宮は奥まったところにある。近くの木に登りでもしなければ、松平伊豆守と土井大炊頭の姿を確認することは難しく、話している内容を盗み聞きすることは不可能であった。

「では、明日の七つ半（午後五時ごろ）に。供は一人までといたそう」

土井大炊頭の決定で、二人の密会はおこなわれることとなった。

「……お待たせをいたしましたか」

翌日松平伊豆守が、行列を山門前に残し、供一人を連れて東照宮へ着いたとき、すでに土井大炊頭はその場にいた。

「いや、執政の多忙さはわかっておるつもりじゃ」

土井大炊頭が謝罪しようとした松平伊豆守を制した。

「まずは、神君さまへご挨拶をなさるがよい。余は先にすまさせていただいた」

「さようでございますな」

勧められた松平伊豆守が、東照宮の神殿までの階段をあがっていった。

「……身が引き締まりまする」

参拝を終えて戻ってきた松平伊豆守が土井大炊頭へ感想を述べた。

「であるな」

土井大炊頭も同意を示した。

「幸い、我らは神君さまを存じあげている」

「はい」

土井大炊頭は家康のもとで初陣をして以降、ずっと仕え続けてきた。松平伊豆守は家光の学友も兼ねるお花畑番に選ばれたことで、家康へ目通りを許されていた。

「だが、神君さまを知らぬ者どもも多い」

身分から目通りできない者の話ではないと、経緯からすぐにわかる。

「我らが最後でございましょう」

松平伊豆守も首肯した。

「直接神君さまを知らぬ者が、天下を動かし始めたらどうなるかの、伊豆守」

土井大炊頭がかつて執政としての心得を教えていたころのように、松平伊豆守へと問うた。

「想《おも》いを受け継ぎますまい」

「うむ」

松平伊豆守の答えに土井大炊頭が満足げにうなずいた。

「神君さまは天下を泰平に導かれ、そして永遠に続けられることを願っておられた」

「それはなりました」

土井大炊頭の言葉に松平伊豆守が応じた。

「島原のあたりで戦《いくさ》はあったがな」

「あれは松倉長門守の愚かさが……」

「余が知らぬとおもっておるのか」

責任を松倉勝家に押しつけようとした松平伊豆守を土井大炊頭が睨《にら》みつけた。

「………」

「公方《くぼう》さままで巻きこんでおきながら、知らぬ顔をするとは執政としての心構えができておらぬ」

黙った松平伊豆守を土井大炊頭が叱りつけた。

「………」

「あいかわらず、都合が悪くなれば黙る癖は治っておらぬ。執政は天下の政を公方さまに代わって執《おこな》うもの。公方さまより、それだけの権を与えられている。と同時に責務を負う」

土井大炊頭の説教は続いた。

「天下の政に失敗があれば、それは公方さまが負わなければならぬ」

「それはっ」

家光に責任があると言われた松平伊豆守が顔色を変えた。

「公方さまに天下人としての質がないと申すのか」

「違う。公方さまこそ、まさに天下人」

寵愛《ちょうあい》をくれる家光を馬鹿にされたと感じた松平伊豆守は怒りのまま口調を変えた。

「天下人は責任を取らずとよいのか」

「公方さまに責任などない。それはすべて我ら執政が負う」

「ならばなぜ、島原の戦いの総大将などを引き受けた」

「それは板倉内膳正では勝てぬ……」

「たわけがっ」

またも責任を負いかぶせようとした松平伊豆守を土井大炊頭が怒鳴りつけた。

「たしかに板倉内膳正では重みが足りぬ。九州の大名どもも従うまい。だが、それは板倉内膳正の責任か。違うであろう。板倉内膳正で足りると考えた者のせいである」

「うっ……」

松平伊豆守が詰まった。

板倉内膳正に島原の乱の鎮圧を命じたのは、家光である。

「哀れにも一人の忠勇なる大名を徳川は失った」

「なれど公方さまに責任をお取りいただくわけにはいかぬのだ」

追撃する土井大炊頭に松平伊豆守が言い返した。

「だから、公方さまの御信任厚いそなたが九州へ出向いたと」

「そうじゃ」

松平伊豆守が堂々と首を縦に振った。

「情けないわ。徳川の世も長くはあるまい」

「口がすぎよう。たしかに余が未熟なのは確かであるが、公方さまのご指名を受けて執政の役目を賜ったのだ」

嘆息する土井大炊頭に松平伊豆守が反論した。

「愚かという気にもならぬ」

土井大炊頭が背を向けた。

「どういうことか。呼び出しておきながら、用件も話さず立ち去るとは、あまりに無礼であろう」

松平伊豆守が詰問した。

「己が何を口にしたのかを考えてみよ」

「なにを。余はまちがったことを申してはおらぬ」

あきれられた松平伊豆守が土井大炊頭に食ってかかった。

「公方さまのお目に適《かな》ったと言ったな」

「ああ」

念を押された松平伊豆守が首肯した。

「つまり、未熟とわかっていて公方さまは、そなたを老中となされた」

「むっ」

松平伊豆守が痛いところを突かれたと唸《うな》った。

「伊豆守、いや長四郎」

土井大炊頭が松平伊豆守を幼名で呼んだ。

「甘えるな」

「なにを言う。余のどこに甘えがあると」

注意した土井大炊頭に松平伊豆守が目つきを厳しいものにした。

「公方さまのご寵愛にいつまで縋《すが》っている。まさか、いまだお閨《ねや》に侍《はべ》っているのではなかろうな」

「あり得ぬ」

土井大炊頭に訊《き》かれた松平伊豆守が憤慨した。

名門の女性が三十歳になったならばお褥《しとね》ご辞退するように、寵童にも閨から離れる年齢というのがあった。

正確には年齢ではなく、寵童の場合は元服した段階で閨に侍ることを遠慮するのが慣例とされていた。

「一人前の武士として奉公できぬから、尻で主君に仕える」

「どこまで大きな尻じゃ」

戦場に女を連れていくことは不吉とされていたからこそ、武将たちは性欲の発散相手として幼くまだ男らしい身体付《からだつき》をしていない寵童を愛《め》でた。

武士にとって衆道、いわゆる男色は恥じるものではなかった。

ただ、そこにも一定の決まりがあった。

情が絡む寵童は主君の格別な引き立てを受ける。それこそ戦場で兜首《かぶとくび》を獲《と》るよりも厚遇された。

当然、寵愛を受けていない者の嫉妬を浴びる。

武士にとって家の名誉は大きい。その名誉に傷が付く。その傷を少しでも浅くするために、武士として主君の役に立っていることを見せなければならなかった。

だからといって前髪を付けている間は子供として扱われ、戦に参加することは許されていない。となれば元服を待つしかないのだ。

一人前の武士となり、命がけの奉公をすることで、尻という悪名は消えないが、薄れる。

「ご寵愛だけのことはある」

「主君の恩に報いたの」

戦場で手柄を立てたり、主君の盾となって討ち死になどすれば、評価は一変する。

いつの間にかそれが寵童としての引退の時期ととらえられるようになった。

そして、元服したにもかかわらず、閨で奉仕する者を厭《いと》う習慣ができた。

「前髪を落としての尻奉公」

これは寵臣として恥ずべきことであり、嘲笑の対象となった。

その疑いをぶつけられた松平伊豆守が真っ赤になって怒ったのも当然のことであった。

「そう疑われてもしかたのないことである。わかっておるのか、そなたは。松倉が公方さまの尖兵《せんぺい》として呂宋《ルソン》へ攻め入るという話は知っていたな」

「それは……」

島原の乱の前となれば、まだ土井大炊頭の勢威は幕閣を制していた。家光や松平伊豆守、阿部豊後守らが話をしたことはすべて土井大炊頭の知るところであった。

松平伊豆守が目をそらした。

「松倉がそのために苛政をしいていたのも知っていたはずだ」

土井大炊頭が追及した。

「百姓も人よ。生きていけるぎりぎりまでは辛抱するが、それ以上となれば話は別だ。飢《かつ》えて死ぬより一揆《いっき》を起こしたほうがましと考えるのは不思議でもなんでもない」

「領主に逆らうなど……」

「足下まで火が付いておるというのに、逃げるなと」

「領主あっての民でございましょう」

「はああ」

精一杯のため息を土井大炊頭が吐《つ》いた。

「民なくして、誰が田畑を耕し、年貢を納めるのだ」

「いくらでも百姓はおりまする」

松平伊豆守が頬をゆがめながらも口答えをした。

「その顔はわかっているだろう。でありながらまちがいを認められぬとは……」

「公方さまは正しい。そして公方さまの委託を受けた我らもまちがってはならぬのだ」

首を左右に振りながら嘆く土井大炊頭に松平伊豆守が意地を張った。

「わかった。話は終わりじゃ。帰るがいい」

土井大炊頭が手を振った。

「無駄な手間を」

最後まで憎まれ口を叩《たた》いて松平伊豆守が去っていった。

「神君さま。無礼と知りながら申しあげまする。公方の座は忠長さまにお継がせになられるべきであったのではございませぬか」

東照宮に向かって土井大炊頭が平伏した。

「吾《われ》の力及ばず。深くお詫《わ》びをいたしまする」

土井大炊頭が長く額を地につけた。

「これを譲ることはいたしませぬ」

懐から土井大炊頭が小さな木片を出した。

「タイオワンで交易をするための符牒《ふちょう》。これがあれば、誰でもタイオワンとの交易ができ、日の本の外を知ることができる。二枚あったものの一つ」

木片を土井大炊頭が日に照らした。かなり薄れてはいるが、漢字のような模様とみみずがのたくったような墨の跡が見えた。

「この欠けたところを合わせれば一枚に戻る。そしてその片割れはタイオワンにある」

土井大炊頭が木片を懐へ戻した。

「神君さまよりお預かりしたこれは、代々の執政筆頭に受け継がれていく」

平伏の形から土井大炊頭が顔だけをあげた。

「あやつに渡しては、碌《ろく》なことに使いますまい」

土井大炊頭が落胆した。

「お叱りは泉下でいかほどでもお受けいたしまする。どうぞ、御遺志に従わぬことをお許しくださいますよう」

もう一度平伏して、土井大炊頭が家康の霊《みたま》に別れを告げた。

二

屋敷に戻った土井大炊頭は、床に伏した。

「疲れたわ」

土井大炊頭が小さく息を吐いた。

「殿、お医師を」

近習《きんじゅ》が土井大炊頭に医師の診断を勧めた。

「よい。これ以上生きたところで、意味がない」

土井大炊頭が首を横に振った。

「穂太郎《ほたろう》」

「これに控えておりまする」

夜具の裾近くに座していた中年の近習頭が土井大炊頭に応じた。

「他人払いを」

「一同、遠慮いたせ」

「はっ」

土井大炊頭の意を受けた近習頭の指示に、御座《ござ》の間にいた者たちが逆らうことなく席を外した。

「近《ちこ》う寄れ」

「ご無礼仕《つかまつ》る」

すっと近習頭が土井大炊頭の枕元に近づいた。

「頼みがある」

「なにを仰せられまするか、ただやれとお命じくださればよろしゅうございまする」

穂太郎と呼ばれた近習頭が土井大炊頭を見つめた。

「うれしいことを言うてくれるが、これは御上《おかみ》と敵対することなのだ。万一のことがあったとしても助けてはやれぬ」

「御上がなんだと。わたくしは土井家の臣でございますれば」

土井大炊頭の言葉にも穂太郎はひるまなかった。

「よきかな」

穂太郎の覚悟を土井大炊頭が愛でた。

「これを届けて欲しい」

土井大炊頭が夜着の隙間から手を出した。

「拝見仕りまする」

穂太郎が受け取った。

「これは……」

「知らずともよいと普段ならば言うのだがな。御上に逆らうのだ。ただの使いでは申しわけないでの」

土井大炊頭が手を伸ばした。

「一度返してくれぬか」

「はい」

主君の求めに穂太郎が木片を戻した。

「これは符牒でな。よく見ると薄く文字が見えるであろう」

「文字……なのでございますか、これが」

見たことのない模様に穂太郎が戸惑った。

「唐と南蛮の文字じゃ。読めずで当然。余もまったくわからぬ。まあ、普通の木片ではないと思ってくれればよい」

「はっ」

もう一度差し出された符牒を穂太郎が預かった。

「詳細は教えぬ。ただ、重要なものだということを知っておいてくれればいい」

土井大炊頭がそこで一度区切った。

「ただ絶対に奪われてはならぬ。もちろん、なくすこともできぬ」

「……はい」

厳しく口調を変えた土井大炊頭に、穂太郎が厳粛に首肯した。

「これがあると知られれば、まちがいなく奪い取ろうとする者が出てくる。闇討ちをされることもあるだろう。あるいは堂々と公儀を名乗って召し上げようとする者も出てくるだろう。それらをすべて排除して、無事にこれを届けてもらわねばならぬ。まさに命がけになる。それを承知で頼む」

土井大炊頭が穂太郎に横になったままとはいえ、頭を下げた。

「と、殿。お止《や》めくださいませ」

あわてて穂太郎が土井大炊頭に告げた。

「高津《たかつ》穂太郎、御命《ごめい》を承りまする」

　近習頭が背筋をやや傾けて、待命の姿勢を取った。

「うむ。では、命じる。高津穂太郎、この符牒を長崎代官末次平蔵に渡せ」

「渡すだけでよろしゅうございまするか」

　高津穂太郎が尋ねた。

「そうよな」

　しばし土井大炊頭が考えた。

「……詫びはいるか」

　土井大炊頭が呟《つぶや》いた。

「言付けを頼む」

「書状でなくともよろしいのでございまするか」

　主君の指示に高津穂太郎が反応した。

「書付は奪われたとき、相手に読まれてしまう。しかし、そなたが口を開くことはあるまい」

「もちろんでございまする。どのような目に遭おうとも、命を奪われようとも口を割ることはございませぬ」

　信頼を向けてくれた主君に、高津穂太郎が胸を張った。

「では……」

　土井大炊頭が伝言を高津穂太郎に預けた。


　寛永寺から屋敷へ戻った松平伊豆守が、腹心を呼び出した。

「お召しと伺いました」

　壮年の藩士が書院に顔を出した。

「参ったか、左膳《さぜん》」

　松平伊豆守が腹心に向かってうなずいた。

「お側《そば》に寄らせていただいても」

「近づけ」

　左膳の願いに松平伊豆守が手招きした。

「……土井大炊頭を見張れ」

「大炊頭さまを見張ればよろしいのでございますか」

　松平伊豆守の指示を左膳が確認した。

「大炊頭ではない。あやつはもうなにもできぬ」

　わずかな間ではあったが、間近で会話したことで松平伊豆守は土井大炊頭の体調がよくないことに気付いていた。

「では、誰を」

左膳が問うた。

目標を定めないと、見張りは難しい。単に土井大炊頭の屋敷を見張り、誰がとか、どれだけの人数が出入りしたかを確認するのはできるが、それならば腹心の左膳を使うほどではない。

「土井大炊頭の屋敷から旅立とうとする者を探り当て、そやつを襲え」

「襲うとは」

他家の家臣を襲撃するなどばれれば、家の存続にかかわってくる。

「かまわぬ。もし討ち果たしたとしても、土井大炊頭は何一つ言えぬ」

松平伊豆守が嗤《わら》った。

「わざわざ余を呼び出しておきながら、試すようなまねをするだけであった」

「殿を試すなど、傲慢な」

左膳が怒りを見せた。

「年寄りのしたがることだ。若い者を下に見て、手を引いてやらねばならぬと思う。ふん、それを余が見抜けぬはずもなかろうに」

嗤いを浮かべながら松平伊豆守が続けた。

「そこでわざと試しに足りぬまねをして見せた」

「おおっ」

松平伊豆守の対応に、左膳が興奮した。

「余がだめならば、大炊頭はかならず別の者を頼るはずじゃ。その相手を知るとともに、なにをしようとしているのかを探る。そうすることで我らに逆らう者をあぶり出す」

「なんという深慮遠謀」

左膳が感嘆した。

「……一つお伺いをいたしても」

称賛した後に左膳がおずおずと訊いた。

「なんじゃ」

「なぜ、土井大炊頭さまのお話をお受けになりませなんだのかを教えていただきたく存じまする」

わざわざ土井大炊頭の出した使者を襲って内容を知るよりも、素直に話を聞いたほうが楽だったのではないかと左膳が問うた。

「わざわざ余を他人目のない寛永寺まで呼び出し、供にまで制限を付けたのだぞ。それだけでも碌でもない話だとわかろうが」

松平伊豆守が土井大炊頭への怒りを復活させた。

「おそらく執政にかんする密事であろう。今まで土井大炊頭が仕切っていたが、大老にまつりあげられて、天下の政から阻害されたことでやむなく譲ろうとした。そして、その相手に余を選んだ」

「…………」

左膳は黙って聞いた。

「まちがいなく御上にとって重要なことであろうが、御用部屋で明かすことなく一人で仕切ってきた。つまりは表沙汰にできないということだ」

「なるほど」

「それを余が受け取ってみよ。土井大炊頭がやってきたことを追認した形になる。それでは土井大炊頭を咎《とが》めることができぬ」

納得した左膳を見ながら、松平伊豆守が述べた。

「土井大炊頭を追い落とすには、余は知らぬ顔をすべきなのだ。その後、余がそれを受け継げばよい」

「まさに深謀でございまする」

松平伊豆守の考えに左膳が感銘で身を震わせた。

「ゆえに失敗《しくじり》は許されぬ。万一、土井大炊頭がそれを託そうとした相手の手元に届けば、天下が揺らぐ可能性がある」

険しい声で松平伊豆守が左膳に念を押した。

「何人か遣ってもよろしゅうございまするか」

左膳が万全を期したいと願った。

「許す。とはいえ、無限とはいかぬ。目立つわけにもいかぬしの。四人、そなたを入れて五人でできるな」

「十分でございますが、人選は好きにさせていただいても」

松平伊豆守が人数に制限をつけ、左膳が誰を選んでもいいかと問うた。

「うむ。では、あとは任せる」

左膳ならば安心だと、松平伊豆守が手元に置いていた仕事に目を移した。

「ご無礼仕る」

命令を受けた左膳が松平伊豆守の前から下がった。


長崎奉行馬場三郎左衛門は、人手のない長崎奉行所の現状にため息を吐いていた。

「これではいざというときに困ることになる」

馬場三郎左衛門は今の長崎の安寧が、見せかけでしかないと気付いていた。

「島原の面倒は当分収まらぬ」

「はい」

長崎まで付いてきた家臣が同意した。

「当家で武芸に通じている者は、鵜野《うの》、久藤《くどう》……」

「わたくしも少々」

「馬鹿を申すな、由利《ゆり》。そなたはもう還暦であろう。無理をするな」

「なにをおっしゃいますか。島原で雑兵とはいえ、二人討ち果たしましたぞ」

あきれる馬場三郎左衛門に由利と呼ばれた老齢の家臣が憤慨した。

「年寄りの冷や水とは言わぬが、そなたは長崎に来ている家臣たちのまとめ役である。また、奉行所の役人や交易商人との交渉もしてもらわねばならぬ」

馬場三郎左衛門が嘆息した。

「無念でございまする。殿には拙者の槍働《やりばたら》きを見ていただきたかったのでございますが、ご諚《じょう》とあればいたしかたなし」

由利が嘆いた。

「まったく。問題がどこにあるかをわかっているのであろう」

「わかっておりまする。奉行所だけでは長崎を守れぬと。かと申して、どこまで長崎警固の者たちが頼りになるか」

「外様《とざま》大名どもは信用できぬ」

由利の現状把握に馬場三郎左衛門が付け加えた。

「できませぬなあ」

表情を変えた由利も首肯した。

島原の乱の原因となった松倉も寺沢も外様大名であったし、板倉重昌の指図を聞かず最初の制圧戦を失敗させたのも細川家や黒田家、鍋島家などの外様の大大名であった。それを馬場三郎左衛門とその家臣たちは目《ま》のあたりにしていた。

「江戸から人を呼ぶわけにもいかぬ」

馬場家は旗本であり、江戸の屋敷が本城にあたる。そこから家臣を引き抜くことは、なにかあったときの対応に困る。

「新たに召し抱えるのも……」

言いにくそうに由利が口にした。

「末代まで責任を持つことになるからな」

家臣を増やすということは、その子孫にも責任を取らなければならない。それが恩と奉公の実態でもあった。

「いつまでも長崎奉行でいられるわけではない」

長崎奉行は旗本のなかでも重い役目であり、馬場三郎左衛門が重用されていることは確かであった。ただ、その長崎奉行も幕府の役人であり、執政が代われば交代を余儀なくされることもある。もちろん、馬場三郎左衛門が体調を崩したりして任を辞さなければならなくなる可能性もあった。

そうなれば長崎奉行として得ている役料がなくなる。家禄（かろく）だけになったとき、家臣が増えていては、馬場家としての収支が悪いほうに傾く。

長崎奉行の収入は役料だけでなく、交易の品を優先的に購入できる権、百両の品が千両に売れるという差額からも得られる。それこそ一万石の大名に匹敵する収入があった。

軍役もずいぶん甘くなってはいる。一応、幕府は軍役を定め、諸大名にそれを遵守させている。もちろん、旗本にも軍役は課されている。また、軍役は家禄に合わせたものでしかなく、役料や余得は対象にならなかった。

おかげで馬場家は、かなり裕福になっている。それこそ、今の倍ほど家臣を増やしたところで困ることはない。

「御上の力で天下から戦はなくなった。それを天下に示すべき旗本が、軍役以上の家臣を抱えるというのはまずい」

旗本が戦に備えているとあれば、天下泰平を民が信じるはずもなかった。

「いずれ余も長崎を離れることになる」

余得が多いと知られている長崎奉行を一人で預かり続けることは難しい。

「是非、拙者を」

「一人では厳しいかと」

「抜け荷をしているという噂が」

猟官、善意、悪意などが馬場三郎左衛門に向けられるのは当然であった。

「まあ、それも長崎が落ち着いてからだろうがな」

馬場三郎左衛門が苦笑した。

いくら余得が多かろうとも、今の長崎の状況は危うい。島原の乱は収まったとはいえ、隠れキリシタンは絶滅していない。いまだ周辺には火種がくすぶっている。馬場三郎左衛門から長崎奉行の座を奪ったのはいいが、その後に騒動でも起こされればその責任を負うことになる。

「鎮火するまでは、交代したがる者はおるまい」

責任を押しつける相手がいないことも馬場三郎左衛門は理解していた。

「とはいえ、このままではまずいな」

「仰せの通りでございまする」

馬場三郎左衛門と由利が顔を見合わせた。

「長崎警固と言いながら、黒田も鍋島も海ばかりを見ている」

なんといっても怖《おそ》ろしいのは、大筒を積んだ南蛮船なのだ。長崎警固の諸藩が、水軍に重きをおいているのはいたしかたないことであった。

「たしかに海は注意せねばならぬ。南蛮船だけでなく、抜け荷の船もある」

幕府の目を盗んでの交易は見つかれば重罪だが、一度の取引で生涯遊んで暮らせるくらいの儲《もう》けがある。そして儲けのあるところに、闇は近づく。

夜陰に紛れて長崎へ入ろうとする船、沖合で待っている清船《しんせん》や南蛮船に荷を運ぼうとする抜け荷商人の船が見つかることはままあった。

言うまでもなく、長崎奉行所も抜け荷を見張ってはいるが、やはり人手不足であり、長崎警固が捕らえた抜け荷船を引き取るくらいしかできていなかった。

「長崎辻番《つじばん》はいかがでございましょう。なかなかに役だっておるようでございますが」

由利が水を向けた。

「斎の一党か。たしかによく働いておる」

馬場三郎左衛門が長崎辻番のことを認めた。

「いかんせん、数が少ない」

「増員を命じられては」

首を横に振った馬場三郎左衛門に由利が進言した。

「たかが六万石だぞ。これ以上は藩政に影響が出る」

「外様大名は徳川家に負けた者でございまする。敗者は勝者にすべてを捧《ささ》げるのが当然かと」

無理だと言った馬場三郎左衛門に由利が述べた。

「松浦家は負けておらぬ。関ヶ原に直接は出陣しておらぬが、九州で敵に対応した。いわば功ありなのだ。その松浦に無理を押しつけることは、徳川家が外様大名を潰すつもりだと公にすることになる」

「外様など潰せばよいのでは」

まだ由利は無茶を押し通せると信じているようであった。

「そのようなまねをしてみろ。他の外様大名が黙っておらぬぞ。わかっておるのか、九州はそのほとんどが外様大名の領地ぞ」

江戸に遠い九州は、徳川家にとって島流しの地であった。播磨《はりま》が本国の黒田、京の背後にある敦賀《つるが》を領していた細川などを大領と引き換えに移したのも謀叛《むほん》を起こされても江戸に影響が出にくく、対応するだけのときを稼げるからであった。

「かつての肥後《ひご》の加藤のように、謀叛を企《たくら》んだという名目でもあれば、潰されて当然だと思えるが、松浦にそれはない。なにもないどころか、長崎辻番として尽くしてくれている松浦を絞り尽くして潰したとあっては、九州だけではないぞ、加賀の前田、四国の蜂須賀《はちすか》、山内《やまのうち》、奥州の伊達《だて》、南部、津軽、羽州の上杉、佐竹らが黙ってはおるまい」

「そのようなものは攻め滅ぼせば……」

馬場三郎左衛門の説明を聞いても、由利は強気を崩さなかった。

「…………」

じっと馬場三郎左衛門が由利を見つめた。

「江戸へ戻れ」

しばらくして馬場三郎左衛門が由利に命じた。

「殿」

由利が蒼白《そうはく》になった。主君の赴任先でその補佐をしているというのは、家臣として出世頭という意味でもある。その任を解くと由利は言われた。これは由利が役に立たないと見切りを付けられたのも同様であった。

「島原の一揆でさえ、押さえるのに二年かかったのだぞ。もし、天下の外様大名どもが機を合わせて謀叛を起こしてみろ。鎮圧に何年かかるかわからぬわ」

鎮圧できないと言わないのは馬場三郎左衛門が旗本であり、徳川の威信を支える立場だからである。もし、外様大名が本気で謀叛をしたならば、少なくとも九州と四国、奥州、羽州は徳川の治世から外れることになる。さすがに江戸城が落ちるようなことはあり得ないが、幕府の勢力は関東近辺と京近隣、そして東海道筋だけになってしまう。

「…………」

由利が黙った。

「長崎奉行は九州だけでなく、西国の外様大名をも監視するのがお役目の一つである。その長崎奉行が発端となって、火の手があがるなど論外である」

「申しわけございませぬ」

叱られてようやく由利が失言に気付いた。

「そなたならうまくやれるであろうと、思っていたのだが」

「……恥じ入るばかりでございますが、殿も松浦家に無理を仰せになられていたように見えましたので」

嘆息した主君に由利が言いわけを口にした。

「松浦家の実力を見るとともに、あの斎がどれほど藩政に影響力を持っているかを調べていたのよ」

単に無理を押しつけていただけではないと馬場三郎左衛門が語った。

「下がれ。これ以上余を失望させるな」

未練がましく縋るなと釘《くぎ》を刺して、馬場三郎左衛門は由利を座敷から追い立てた。

「気を付けねばならぬな。なかから崩されては馬場家など日差しを浴びている氷のようなものだ。じわりと溶けて、やがて消えてしまう」

一人になった馬場三郎左衛門が危惧を覚えた。

「これも甘えか。天下を取った徳川家に属している者は安泰だと。戦国を押さえた豊臣家でさえ滅びるのだ。徳川家だけが特別というような話はない。そのことを念頭にして、政をせねばならぬ。長崎はもっとも危ない地なのだぞ」

憤懣《ふんまん》を馬場三郎左衛門が吐き出した。

「旗本はもっと緊張せねばならぬ」

馬場三郎左衛門が続けた。

「それを松浦の者どもは知っている。気を抜けば藩が潰れると知っている。だからこそ城も焼ける」

平戸藩松浦家が生き残るために、どれだけの努力をしてきたかを馬場三郎左衛門は長崎代官として赴任したときから見てきている。

「欲しいの、斎が」

小さく馬場三郎左衛門が漏らした。


翌朝、松平伊豆守は登城するなり家光へ目通りを願った。

「よい」

すぐに家光からの許可が出た。

「お忙しいところとは存じまするが」

将軍は午前中に執務をすることが多い。

松平伊豆守が不意の目通り願いを詫びた。

「なにを申すか。いつでもかまわぬのだ。先触れも不要じゃ」

寵臣に特別扱いを許していると家光が手を振った。

「かたじけなき仰せではございまするが、それはわたくしめに過ぎたこと。どうぞ、他の者と同じくお願いをいたしまする」

　天下の乱れのもとになると松平伊豆守が言外に家光を諫《いさ》めた。

「堅いことよ。で、本日はなんじゃ」

「お他人払いをいただきますようお願い申しあげまする」

　問うた家光に松平伊豆守が求めた。

「皆、遠慮いたせ」

「はっ」

　すぐに応じた家光に、小姓や小納戸などの御座の間詰めが従った。

「そちもじゃ」

「………」

　決して側を離れてはならないとされている太刀《たち》持《も》ちの小姓も次の間へと出ていった。

　太刀持ちはその名前の通り、将軍の佩刀《はいとう》を預かり、控えているものである。万一、将軍のもとへ暴漢などが近づいたとき、太刀を渡すだけでなく、その後は生きた盾として家光が戦う用意を終えるまでのときを稼ぐ。当然、譜代でも名門の旗本から選ばれ、御座の間であったことは家族にも口外しない。その太刀持ちさえ外させる。これも家光の松平伊豆守への信頼の証《あかし》であった。

「これでよいの」

家光が松平伊豆守に話を始めろと言った。

「畏れ多いことでございまする」

松平伊豆守が平伏した。

「昨日……」

土井大炊頭から呼び出されたことを松平伊豆守が家光へと告げた。

「大炊頭が、そなたを密《ひそ》かに呼び出したか」

家光が難しい顔をした。

「わざと内容を聞かずに話を潰しましてございまするが、よろしゅうございましょうか」

今さら遅いが、松平伊豆守が家光の顔色を窺《うかが》った。

「よき判断である」

家光がうなずいた。

「そこまでしておきながら、躬《みども》に目通りを願ったのは、大炊頭がなにを話そうとしていたかを知っているかどうかを聞きたかったのだな」

「ご賢察でございまする」

述べた家光に、松平伊豆守が首を縦に振った。

「将軍を継ぐときに、父より天下とともに大炊頭を譲るとは言われたが、細かいことは何一つなかったわ」

家光が首を横に振った。

「それは将軍家が知るほどではないという意味でしょうや。あるいは知らぬほうがよいとの意味でございましょうか」

「父も知らなかったのではないかの」

秀忠の雰囲気を問うた松平伊豆守に家光が答えた。

「……………」

松平伊豆守が沈思した。

「先代さまもご存じないとなれば……」

「神君家康公から土井大炊頭が直接受け継いだと考えるべきであろうな」

推察した松平伊豆守に家光がうなずいた。

「それならば、素直に受け継いでおくべきでございました。浅慮をいたしましたこと深くお詫びいたしまする」

家光は秀忠の言うことは聞かないが、家康の指図であれば何一つ疑うこともなく従う。それを十分心得ている松平伊豆守が謝罪した。

「かまわぬ。神君さまのお教えとあれば、いかに土井大炊頭といえども隠すことはできぬ。かならず躬あるいはそなたに伝えてくるであろう」

家光が寵臣の後悔に手を振って、気にするなと言った。

土井大炊頭は家康のお陰で幕臣にもなれたし、大名まで出世できた。でなければ、滅んだ水野家の係累として、一門の家中に拾われるしかなかったのだ。当然、家康への恩義は強い。

「かならず、家光にも報《しら》せるように」

家康からそう命じられていたならば、どれほど家光や松平伊豆守のことが嫌いであろうが、腹立たしかろうが、伝えてくる。

「もっとも大炊頭が独断で隠そうとしたのなら別だがの」

家光が目つきを鋭くした。

「公方さまは、どのようなことだとお考えになられまするか」

「そうよなあ。大炊頭の出自のことではないかの」

「大炊頭どのの出自……」

家光の口から出たことに、松平伊豆守が怪訝《けげん》な顔をした。

「躬も確実な話として知っておるわけではない」

まず正しいという保証はないと家光が前置きした。

「父が土井大炊頭に向かって、松千代と呼ばれたことがあった」

「先代さまが、幼名を」

松平伊豆守が驚いた。

武家には生まれてすぐに付けられる幼名と、あるていど育ってから名乗る通称と、元服したときに付ける諱《いみな》があった。このうち諱は真名《まな》とも呼ばれ、言霊《ことだま》による支配を受けるという神道の考え方から主君でなければまず口にできなかった。普段は両親であろうとも通称を使用する。そして幼名は寵童あるいは弟など、格別に親しい者だけに許される。友人同士であっても、幼名で呼ぶことは一人前にはまだなっていないという侮蔑を与えることになるからであった。

「先代さまが幼名を……」

松平伊豆守の目が鋭くなった。

「躬がそなたたちを幼名で呼ぶのは、愛でておるからじゃ」

「ありがたきご諚」

告げた家光の言葉に松平伊豆守が感動した。

家光が松平伊豆守、阿部豊後守らを幼名で呼ぶのは、他に若かりしころの家光を慕う者がいなかったからであった。お花畑番であった松平伊豆守、阿部豊後守、堀田加賀守、阿部対馬守らだけが家光の庇護《ひご》にあり、同時に守りの盾でもあった。ようは、その面々だけで一つの場を作り、互いに寄り添い、依存しあってきた。だからこそ、家光だけでなく、松平伊豆守も阿部豊後守も幼名で呼びあう。そこには甘えだけがあり、決して軽視する気持ちはない。

「父は男を好まぬ」

家光が首を左右に振った。

秀忠の正室は嫉妬深さで知られた江与の方である。秀忠が気に入って手を出した侍女はすべて放逐している。なかにはあきらかに殺された女もいた。

「男を相手に……汚らわしい」

江与が実子である家光を嫌った一つに男色家だというのがあった。なにせ江与の父浅井長政を滅ぼした織田信長には、森蘭丸《もりらんまる》、坊丸《ぼうまる》、力丸《りきまる》の三兄弟だけでなく多くの男色相手がいた。それに比して側室がいたとはいえ父浅井長政と母市の方の仲はよく、織田信長と手切れになっても市の方を返すことなく、その後も子を産ませている。

江与が男色嫌いになるのも無理はなかった。

「寵童ではないとすれば……」

「迂闊《うかつ》なことを口にするな」

言いかけた松平伊豆守を家光が封じた。

「それを口にすれば、大炊頭を咎めることはできなくなる」

「……はい」

家光の険しい顔に、松平伊豆守が息を呑《の》んだ。

三

もと平戸藩松浦家出入り商人の大久保屋《おおくぼや》は、オランダ商館がなくなった後に長崎へと拠点を移した。

「出遅れた」

すでに長崎は地の商人と古くから交易に携わってきた博多商人、上方商人の出店で埋まっている。とてもオランダ商館がなくなったので、仲間に入れてくださいとすり寄ってきた連中を受け入れてはくれなかった。

「通詞さえ遣えぬとは」

大久保屋がため息を吐いた。

異国の商人との遣り取《やと》りには、互いの意思を相手に伝えるための通詞が要った。通詞は両方の国の言葉を理解し、交易を取り持つ。交易にとってなくてはならない人材であって、長崎奉行所にも通詞はいる。禄や身分はたいしたものではないが、異国人との取引ではなくてはならぬため、立ち会い金という交易の金額に応じた心付けをもらえることから、下手《へた》な商人よりも裕福であった。

その通詞の事情が変わった。

幕府がオランダと清以外の国を閉め出してしまったのだ。

ポルトガル、イスパニア、イギリスの通詞たちの仕事がなくなった。

「和蘭陀《オランダ》の言葉を学ばねば」

そのままでいれば、食べていけなくなる。通詞たちも必死で学んだが、今まで使ってきた英語やイスパニア語、ポルトガル語とオランダ語は似て非なるものであり、いきなり適応できた者は少なかった。

さらに頑張って、少しはオランダ語を使えるようになっても、なかなか仕事には結びつかない。商いの条件、納品、売り買いの契約にかかわることは、かなり詳細なところまで突き詰める。とても付け焼き刃ていどでは通詞として役には立たなかった。

「和蘭陀通詞が少なすぎる」

大久保屋は困った。

「このままでは店が傾く」

商いというのは動いてこそ儲けに繋《つな》がる。

すでに平戸で存分に大久保屋は稼いでいた。それこそ孫子の代まで贅沢《ぜいたく》できるくらいには財がある。別段、遊んで暮らしてもかまわないのだが、金は遣えばなくなる。孫の代までは喰《く》えても、曾孫《ひまご》以降が生活するだけの金は残らない。いや、子、あるいは孫が散財すれば、そこで終わってしまう。

「大久保屋……はて」

そうなれば店の名前さえ消えてしまう。

一代で成りあがった大久保屋は、それが耐えられなかった。

「抜け荷するしかない」

大久保屋は南蛮との交易を松浦家の領内にある島を利用して、密かにおこなう用意をしていた。

「いつまでもやってはいけぬ」

抜け荷は国禁に反する。

幕府は南蛮との交易を一手にするつもりである。清や朝鮮との交易は商いであり、キリスト教とのかかわりはないため、対馬の宗家や琉球《りゅうきゅう》を通じて薩摩《さつま》島津家がおこなっていることを暗黙のうちに認めていた。

だが、キリスト教の教えは幕府の考えを真っ向から否定するため、決して許しはしない。儲かるからといつまでもやっていれば、いずれ気付かれる。

「どこで手に入れた」

南蛮との交易で手に入れたものを市場に流せば、かならず目を付けられる。そのとき、言い逃れできるようにしておかなければ、破滅することになりかねない。

「なんとか、会所のお仲間に」

「年に一度でもかまいませぬ。どうぞ、南蛮との取引にお加えいただきたく」

大久保屋は金を遣い、長崎での交易に食いこもうとしていた。長崎でわずかでも南蛮のものを手に入れられれば、抜け荷の商品もそこに紛れ込ませることができるからであった。

「どうにもならぬ」

しかし、金で会所は動かなかった。百両や二百両の金で会所の者は揺らぎもしなかった。なにせ長崎の交易だけで年間十万両をこえる収益があがるのだ。それを会所に参加している少数の商人で独占している。その分け前を減らすようなまねをするはずはなかった。

「長崎奉行所にも金は撒《ま》いているのですが」

いずれ転じていく長崎奉行に媚《こ》びを売っても実にはならない。長崎に根付いている地役人にも賄賂を贈ってはいるが、効果はまったく出ていない。

「気遣いありがたくいただこう」

「お預かりいたそうかの」

金は受け取るが、それだけである。

「会所へのご紹介は……」

「いささか足りぬのではないかの」

「挨拶だと申していたはずだが」

大久保屋が動いてくれと急《せ》かしたならば、このくらいの金ではと首を振られる。

「いくらお渡しすれば……」

「三百両かの」

「それだけ出せば、まちがいなく会所に属せましょうな」

「決めるのは会所の者どもじゃ。儂《わし》はそなたが入りたいと言っていると伝えるだけで、成否までは知らぬ」

念を押したところで、逃げられるだけ。

「……………」

ようは金を積まれても紹介をする気はない。やはり会所からもらう金のほうが大きく、その利益を減らすようなまねはしない。

「松浦さまから口利きをとも思ったが……」

長崎辻番をしている弦ノ丞に話を持ちかけようとしても、藩を通せとにべもなかった。

「数を減らすか」

大久保屋が呟いた。

会所が大久保屋の加入を断る名分が、すでに十分な人数が会所に属しており現在の長崎入港をする異国船の量ではとても配分するだけの余裕はないというものであった。

「数軒潰れれば、空きもでよう」

昏《くら》い嗤いを大久保屋が浮かべた。

「かといって儂の名前が出ては困る」

店の者にそのようなまねをさせるわけにはいかない。となれば、無頼か牢人《ろうにん》を金で雇うことになる。

「口が軽い」

金で人殺しや放火を引き受ける連中は碌でもない者のなれの果てである。なかには依頼主のことは口が裂けても漏らさないという堅固な者もいるが、ほとんどは罪を軽くしてもらうためなら、知っていることを洗いざらいしゃべる。

たとえ捕まらずにことをなしたとしても、後金をもらって終わりにはならなかった。

「おおそれながらと御上へ訴えて出れば、旦那も……」

かならず後々まで脅して、金をせびってくる。

「そんなことをすれば、おまえは死罪だぞ」

「なあに、こっちが失うのはこの首一つ。それに比べて大久保屋さんは命だけでなく、ご家族、お店も失うことになりますぜ」

こうなったら持っている者の負けである。

「これが最後だ」

念を押して金を渡しても、

「もう一度お願いしますよ」

としゃぶりつくされることとなる。

「あとのことを思えば、使い捨てられる牢人がいいの」

大久保屋が思案した。

長崎のことに詳しい地の無頼は、思ってもいないところに繫がりがある。仕事をさせたあとに消せば、意外なところから話がばれたりする。

「問題はどうやって牢人を集めるか」

表に立つことはできないし、今の大久保屋に繫がる店の者やその他の係累を使うわけにはいかなかった。

「そのへんの牢人に声をかけるわけにもいかぬ」

牢人のなかにはまともな者もいる。迂闊に話をして、長崎奉行所へ訴え出られては困る。

「旦那さま」

悩んでいる大久保屋に、奉公人が声をかけた。

「どうかしたのかい」

大久保屋が表情を素早く柔らかいものにした。

「お願いがあると牢人の方がお見えでございまする」

「そういうのは断れと言ったはずだよ」

奉公人の言葉に、大久保屋が不機嫌な顔をした。

「わかってはおりますが、少し事情がございまして」

「事情……どんな」

大久保屋が怪訝な顔をした。

「馬町に長崎代官さまの高札が立ちまして」

「長崎代官さまの。それが牢人とかかわりあいがあると言うんだね」

大久保屋が怒りを消して興味を見せた。

「はい。その高札を見て参りましたのですが、長崎の商人、町人に牢人の紹介を求めるものでございました」

「牢人の紹介……」

一層わからないと大久保屋が首をかしげた。

「長崎代官所で警固役を新設するとかで、そのために武に優れた牢人を求めていると」

「それはわかる。昨今の長崎は物騒だからね」

大久保屋がうなずいた。

「だけども、それと牢人の紹介を商人に求める意味がわからない」

「性根を知っている者でなければ、都合が悪いと長崎代官さまはお考えになったようで」

首を横に振った大久保屋に奉公人が告げた。

「なるほど。商家で用心棒として雇い入れている者ならば、悪事を働くようなことはないだろうということだね」

「はい。町人の紹介の場合でも、人柄がわかっておりますし」

理解した大久保屋に奉公人が付け加えた。

「ふうむ。長崎代官所も考えたものだ。手抜きだが、紹介したとあればなにかあったときの責任を負わせることができる」

大久保屋が末次平蔵のやり方にあきれた。

「で、おまえさんは、なぜうちから牢人者を出そうと考えたんだい」

「長崎代官さまに伝手《つて》ができるかと」

「ふむ。たしかにね」

奉公人の考えに大久保屋が腕を組んだ。

「だけれどね、紹介した牢人が碌でもない奴《やつ》だったときは、こっちに迷惑がかかるよ」

「その辺はこちらで見極めて。旦那さまならおできになられましょう」

人を見る目はあるだろうと奉公人が大久保屋を持ちあげた。

「なるほど」

大久保屋が奉公人の考えを認めた。

「ただ一つだけまちがっているよ」

「なんでございましょう」

言われた奉公人が首をひねった。

「わたしの目をごまかせる者がいたときのことを考えていないだろう」

「そのようなことが……」

「あるんだよ。世のなかには思うようにならないことがね」

大久保屋が苦笑した。

「では、牢人たちは……」

「帰らせなさい」

惜しそうな奉公人に大久保屋が命じた。

「わかりましてございます」

奉公人が落胆しながら、出ていこうと腰をあげた。

「待ちなさい。当家ではまずいと言っただけだよ」

「…………」

口の端を吊《つ》りあげている大久保屋に奉公人が不思議そうな顔をした。

「利用させてもらうよ。おまえさんの案をね」

「で、では……」

「手柄だね。よく報せてくれた」

期待の眼差《まなざ》しを見せた奉公人を大久保屋が褒めた。

「潰れそうな店はあるかい」

「……潰れそうというか、先日店を閉めたところならば」

大久保屋の問いに奉公人が答えた。

「そこを手に入れなさい。潰れたばかりならば、手を入れずとも使えるでしょう。なに、十日ほどのことだ」

「そこに牢人を招くと」

「そうだよ。ただし、わたしは顔を見せないし、おまえたちも出入りさせない」

述べた奉公人に大久保屋が話した。

「では、誰に店をさせるのでございますか」

当然の疑問を奉公人が持った。

「まったくかかわりのない者を使う」

「それはわかりますが、どうやって雇うのでございますか。旦那さまでもわたくしでも顔を見られることになりますが」

奉公人が懸念を表した。

「その潰れた店をやっていた者はどうしているか知っているかい」

「あいにく、そこまでは」

申し訳なさそうに奉公人が頭を横に振った。

「調べはしたか」

「いえ。店がしばらく開かないので、少し周囲に聞きこみをしただけで」

確認した大久保屋に奉公人が首を左右に振った。

「どのように言っていた」

近隣の反応はどうだったかと大久保屋が尋ねた。

「夜逃げではなく、きっちり挨拶をすませてから出ていったと」

「ふむ。国がどこかは」

「……そういえば国元へ帰るようなことを聞いたような」

奉公人が思い出した。

「なれば、なんとかなりそうだ」

大久保屋が首を縦に振った。

「平戸に残っている者のなかから、一人呼びつけよう」

まだ大久保屋は平戸に店を残していた。といったところで開けてはいない。平戸での後片付けという名目で、抜け荷をさせるためであった。

「誰を」

奉公人が嫌そうな顔で訊いた。

「そうだねえ。巳蔵《みぞう》でどうだい」

「巳蔵でございますか……」

大久保屋の提案に奉公人が考えた。

「あいつなら粗暴には見えないだろう」

「たしかに」

選択した理由を聞いた奉公人が納得した。

「前の店主の遠縁ということにして、片付けに来たと近所に顔つなぎをさせればいいな」

「片付けの店に牢人が出入りするのは、いささか」

奉公人がよくはないと首をかしげた。

「なあに十日ほどのことだ。その間に使いものになりそうな牢人をわたしが見つければいい」

大久保屋が胸を張った。

「まあ、二人か三人いればいいからね。そうなれば、急ぎ使いを出しておくれ」

「船を使っても」

長崎から平戸までだと船が速い。ただ、船はかならず長崎警固の臨検を受ける。そして臨検を手早くすますのには、袖の下が要った。

「かまわないよ。空船でいくんだよ。そうすれば、さすがに長崎警固でも無理は言わないだろうからね」

許可を求めた奉公人に大久保屋が条件を付けてうなずいた。

長崎警固は抜け荷の番人でもある。船に積んだ荷物は正規のものであろうが、交易に関係のない物品でも、満足できるだけの金が渡されるまでしつこく調べる。だが、さすがに調べる荷物がなければ、わずかな金で引きあげてくれた。

「さっ、急いでおくれ」

「へい」

手を叩いて急かした大久保屋に奉公人が手を突いた。

第四章　牢人の力

一

長崎辻番《つじばん》は、幕府が正式に藩を通じて任じたものではなく、長崎奉行馬場三郎左衛門が弦ノ丞たちを支配するために設けたものでしかなかった。

正式なものではないため、武家屋敷はもちろん、商家や百姓家などを検《あらた》めることもできず、ただ巡回することで見ているぞと不逞牢人《ふていろうにん》や盗賊、無頼などの行動を制する抑止力であった。

「辻番か」

それでも毎日巡回をしていると顔を知られるようになり、無頼などはすばやく身を隠すようになった。

「ふん、徳川に尾を振るとは、豊臣の姓が泣くぞ」

もちろん、すべてがうまくいくわけではなかった。

松浦家は朝鮮へ侵攻した豊臣秀吉にとって、貴重な水軍の頭であった。なにせ、海を越えた異国へ兵を送りこむのだ。航路の安全確保は当然のこと、橋頭堡《きょうとうほ》を築く先陣としての武勇、敵水軍との戦いを差配するだけの頭脳を持つ水軍大将が不可欠なのだ。

松浦肥前守鎮信《しげのぶ》は、その理想通りの将であった。

「水軍を率いて参陣せよ」

九州征伐に参加した松浦家を豊臣秀吉は認めた。

「本領安堵《あんど》を賜れればなによりと存じまする」

島津を降伏させた後の論功行賞で松浦は加増を願わなかった。

「愛《う》い奴《やつ》である」

これが豊臣秀吉の気に入るところとなり、松浦鎮信は朝鮮侵攻でも先陣を預けられるなど重用された。

「豊臣の姓を与える」

譜代の家臣を持たず、一門大名もいない豊臣秀吉ができることは、有能な大名を一門扱いにして取りこむことだけであった。

こうして松浦家は豊臣氏となった。

「本姓は豊臣でよいのだな」

関ヶ原の合戦で東軍に属した松浦家に徳川家康が尋ねた。これは、もともと松浦氏が名乗っていた嵯峨《さが》源氏渡辺綱《わたなべのつな》の子孫という系統へ戻るかという問いかけであった。

「豊臣に違《たが》いなし」

一切のためらいもなく松浦鎮信は認めた。

「その意気やよし」

これが家康の好感を買った。

天下人は徳川で、もう豊臣は衰退するしかない。まだ、大坂に豊臣秀頼《ひでより》はあるが、もう天下に覇を唱えることはできない。すでに豊臣は過去になっている。

「嵯峨源氏に戻したく願いまする」

並の大名ならば、筋は違っても徳川と同じ源氏を名乗りたがる。いわば、家康の機嫌取りである。そうするどころか、松浦鎮信は豊臣の姓を名乗り続けると言った。

「変節せぬ」

ときの浮き沈みに応じることなく、筋を通す。

家康は松浦鎮信ならば、徳川を裏切らないと確信したのであった。

牢人はこの故事を引き合いにして、今の松浦家は長崎奉行ていどに従順であり、先祖の気概をなくしたと揶揄《やゆ》したのである。

「無礼者を討ち果たせ」

皮肉っただけの牢人を、長崎辻番で組頭を務める志賀一蔵《しがいちぞう》は見逃さなかった。

「おう」

配下の辻番が駆けだした。

「なっ、なっ」

いきなり襲いかかってきた辻番士に牢人が驚愕《きょうがく》した。

「どういうことだ。なんの罪があって拙者を……」

すでに辻番士は、太刀《たち》を抜いている。あわてて牢人が柄《つか》に手をかけながら、理由を問おうとした。

「松浦家を嘲弄したのだ。無礼討ちじゃ」

「そんな……」

牢人が蒼白《そうはく》になった。

無礼討ちは武士に与えられた特権と思われているが、実際はそうそう認められるものではなかった。

「拙者を侮るなど、町人の分際で」

こういった悪口を言われたからというのは、まず許されなかった。

「みだりに太刀を抜いて、人を斬った」

世は泰平だと幕府は宣している。その安泰を破るようなまねは決して受け入れられなかった。無礼討ちをおこなった武士は、切腹させられた。

「無礼者」

いつ隣を歩いている武士が襲いかかってくるかわからないとなれば、町人は油断できない。

「金を寄《よ》こせ。断るだと、この無礼者め」

商家に武士が押し入ってもいいなどとなれば、城下で商いをする者はいなくなる。

どちらも領の力を減衰させる。

そうなっては困る。無礼討ちは武士の権威を高めるだけのお題目であった。

ただ、そんな無礼討ちが認められる場合があった。

主君、家を愚弄されたときである。

「腰抜け大名」

「犬」

どのような表現でも、主家を馬鹿にされたときは無礼討ちが認められた。いや、無礼討ちを仕掛けなければ、かえって罪になった。

「恩を返せぬ輩《やから》」

武士の根本である恩と奉公が崩れる。

忠義こそ武士の本分としている幕府にとって、これはまずかった。忠義よりも己の命を取るようになってしまえば、武士の世は続かない。

「地の果てまで追っても討ち果たせ。できねば、その場を去らずに切腹して詫《わ》びよ」

法度《はっと》として規定はしていないが、幕府はそうすべきだと推奨していた。

事実、寛永五年（一六二八）八月、目付《めつけ》豊島《としま》刑部少輔《ぎょうぶのしょうゆう》信満《のぶみつ》が老中井上主計頭《いのうえかずえのかみ》正就《まさなり》を江戸城西の丸で斬り殺したとき、

「家の名前のため」

老中酒井讃岐守忠勝《さぬきのかみただかつ》がこれをやむを得ぬこととして認め、一族への連座を止めている。

「江戸城中であれば、無礼討ちではなく、将軍家への謀叛《むほん》とすべきである」

城中での刃傷《にんじょう》は有無を言わさず、一族郎党に罪が及ぶ。

「豊島刑部少輔ていどの小身代者が、老中へ刃《やいば》を届かせようと思うのならば、家臣どもが付いてこれず、井上主計頭が一人になる城中をその場に選ぶしかない」

さらに酒井讃岐守忠勝が、豊島刑部少輔の行動を擁護した。

これが前例となっている。主家への侮蔑を放った者への無礼討ちは、将軍でも出てこないかぎり正当であった。

「た、助けてくれ。詫びる」

志賀一蔵が本気だと知った牢人が、急いで謝罪した。

「一度口から出た言葉は、決して呑《の》みこめぬ」

詫びなど受け取る気はないと志賀一蔵が一蹴した。

「わああ、理不尽じゃ」

駄目だとわかった牢人が背を向けたが、すでに遅かった。

「りゃあ」

辻番士の一撃が、牢人ものの背を割った。

「あああ」

牢人が空を摑《つか》むように手を伸ばしながら崩れ落ちた。

「見事である」

志賀一蔵が辻番士を褒めた。

「なんという……」

その有様を見ていた町人たちが絶句した。

「平戸藩は怖《おそ》ろしい」

長崎の町に、平戸藩松浦家の武名が拡《ひろ》がった。

「辻番が来る」

遠くに松浦家の藩士が見えるだけで、無頼たちはおとなしくなる。

「なにをしておる」

その長崎辻番が、外町、郷にまで進出してきた。

「いや、なにも」

入りこもうとしていた牢人が誰何《すいか》に答えず、逃げようとした。

「どこへ行く」

志賀一蔵が背を向けた牢人に訊《き》いた。

「長崎を出る」

「そうか。では、送ってやろう。昨今は物騒であるゆえな」

牢人の言葉に志賀一蔵が乗じた。

「そこまでしていただかずとも……」

「都合が悪いのか。出ていくと言いながら、そのまま紛れるつもりではなかろうな」

遠慮すると言った牢人に志賀一蔵が迫った。

「違う。出ていきはするが、世話になった者へ挨拶をしてからと思っただけじゃ」

「なるほど。義理堅いことである」

牢人の言いわけに志賀一蔵が手を叩《たた》いて称賛した。

「御免を」

志賀一蔵の了承を得たと、急いで離れようとした。

「…………」

早足で逃げるように遠ざかろうとする牢人の後を志賀一蔵たちは付いていった。

「まだ用か」

少ししたところで牢人が足を止めた。

「いや、気にするな」

志賀一蔵が手を振った。

「……さようか」

牢人がふたたび歩き出した。

「………」

しっかりと志賀一蔵たちが後に従う。

「なぜ付いてくる」

「同じ道を進んでおるだけだが」

平然と志賀一蔵が牢人の追及をかわした。

「ならば、先に行かれるがよい」

牢人が道を譲った。

「一同、休息を取れ」

それを無視して志賀一蔵が配下たちに休息を命じた。

「疑っておるのだな」

そこまでされて気が付かないようでは話にならない。

「ああ」

あっさりと志賀一蔵が認めた。

「どこが怪しいと申すのだ」

牢人が問うた。

「すべてだな。目つき、口調がとくに胡乱《うろん》だ」

志賀一蔵が告げた。

「我ら牢人には新しい生き方を模索することさえ許されぬのか」

「ほう、新しい生き方とはどのようなものか。仕官と言うてくれるなよ。それでは変わらぬでの」

薄く志賀一蔵が笑いを浮かべた。

「……帰農じゃ」

「ほう、長崎でか。この山間《やまあい》のどこに新しい開墾地があると」

「商家に奉公をして、いずれは自前の店を持ちたいと」

鼻先で嗤《わら》われた牢人が目的を変更した。

「商人になるのか。それはいい。戦《いくさ》がなくなれば、武士は無用の長物。どこの藩でも人減らしをしてはいても、新規召し抱えはない。それに比べて商家は益々《ますます》大きくなっている。これからの世は商売であろう」

「であろう。だからこそ長崎へ参ったのだ」

吾《わ》が意を得たりと牢人が声を大きくした。

「では、訊こう。商人に両刀は要るのか」

「それはっ……。旅程でなにかあっては身も守れぬと思うてのこと」

一瞬詰まった牢人が、すぐに言いわけを考えた。

「長崎を出るにあたって、挨拶をせねばならぬほど世話になった者がいると申したな」

「ああ」

志賀一蔵の確認に牢人が首肯した。

「それだけ長崎に滞在していたことになる。なのにまだ刀を差しているのはなぜだ。商家が、奉公させてくれと両刀を差した牢人が来たら受け入れてくれるのか」

「……………」

言われた牢人が黙った。

「長崎では仕官の口はない」

幕府領なのだ。長崎警固として藩士を出している黒田家や鍋島家は、どれほどよい人材がいようとも幕府に遠慮して召し抱えることはしない。

また長崎奉行馬場三郎左衛門がこれぞと思いこんだ人物でも、旗本として仕官させるには江戸でなければできなかった。

できるとすれば、馬場三郎左衛門が個人として召し抱えるか、長崎代官末次平蔵の家士として選ばれるくらいしかない。

「山間の地長崎で帰農する場所もない」

志賀一蔵が断言した。

「では長崎へ来る牢人は、なにを求めているのだろう」

真顔で志賀一蔵が牢人に問いかけた。

「商人になりたいならば、博多でも大坂でもいい。いいや、そちらこそ正しい。いかに長崎が繁華だといっても、土地が狭く商家の数もそれほど多くはない。博多や大坂のほうが人手を募集している」

江戸から国元へ戻る途中、志賀一蔵は大坂、博多に滞在していた。その繁華な様子を志賀一蔵は吾が目で確かめていた。

「さて、そなたはなんのために長崎へ来た」

志賀一蔵が牢人の顔を覗《のぞ》きこむようにして見た。

「しつこいわっ」

牢人がいきなり志賀一蔵に斬りつけた。

「やはりな」

半歩右に移動することで、志賀一蔵が牢人の一撃に空を斬らせた。

「気付いていたのか」

「いかに島原の後始末で松倉が改易、寺沢が天草を召しあげられたにせよ、牢人が長崎へ来すぎじゃ」

追撃を繰り出しながら言った牢人へ、志賀一蔵が返した。

「……話してもらおうか。なにをしに長崎へ来たのか。どこに仲間が集まっているのかを」

追撃もかわした志賀一蔵が、太刀を鞘走《さやばし》らせた。

「つっ」

太刀を支えていた左腕をかすられた牢人が唇を嚙《か》んだ。

「逃げられると思うなよ」

太刀を構えた志賀一蔵が氷のような声で宣した。

二

末次平蔵が腕の立つ牢人を求めている。その手伝いを頼まれた弦ノ丞は、長崎代官屋敷へと来ていた。

長崎代官屋敷は大川沿いにある。長崎奉行所よりも海からは遠いが、陸路である長崎街道には近い。

馬町から長崎に入ったすぐとは言いがたいが、比較的近くに代官屋敷はある。

「張り紙でもしますか」

末次平蔵が牢人募集の手段を笑いながら言った。

「代官屋敷前に行列を作りたいのならば、それでもよいが」

弦ノ丞も笑いながら返した。

「お奉行さまに叱られますな」

「いや、口出しをなさいましょう」

まだ笑っている末次平蔵に、弦ノ丞が真顔になった。

「……やはり」

末次平蔵も笑いを消した。

「邪魔を……」

「いや、逆ではないかと」

弦ノ丞が末次平蔵の予想に首を横に振った。

「勧めてこられる……」

「…………」

末次平蔵の困惑に、黙って弦ノ丞は無言で肯定した。

「……そうか」

末次平蔵が気付いた。

「紐《ひも》を付けるためでございますな」

「でござろう」

強く弦ノ丞がうなずいた。

「手の者を入りこませる好機でございましょう」

弦ノ丞が告げた。

「なさいましょうや。すでに手代のなかに手の者がおりますのに」

末次平蔵が怪訝《けげん》な顔をした。

馬場三郎左衛門は長崎奉行になる前、長崎代官をやっていた。そのときに配下の者たちを懐中に取りこんだことは想像に難くなかった。

長崎代官所の役人は、現地で採用された。身分も武家ではなく、禄《ろく》も十俵一人扶持《ぶち》くらいと少ない。

「是非ともわたくしを」

「欠員が出たと聞きましてございまする。これはご挨拶で」

それでもなりたい者は多い。

「唐船《とうせん》が入って参りましたそうで。荷揚げの順を早めていただきたく」

「和蘭陀船《オランダせん》のカピタンと会食を」

長崎商人にとって、異国の船は儲《もう》けの源である。少しでも早くどのような品物が積まれているかを確認し、商談に入りたい。

あるいは船長が私物として持ちこんでいるものを密《ひそ》かに買い取りたい。

こういった手配は、長崎奉行所が主になるが、長崎代官所にも仕事は回って来る。それを差配するのが長崎代官所の手代であった。

「先日はありがとうございました。おかげさまでいい商いをさせていただきました」

「これは決まりの歩合で」

礼金、分け前、どういう名前であろうが、余得が手代にはある。言うまでもなく御法度であるが、厳密な対応をすれば、手代などしようという者はいなくなる。

実務を担う者がいなくなった役所なんぞ、看板だけである。それこそ仕事をこなすどころか、足を引っ張ることになった。

「誰がそうだとわかっているのでございましょう」

「わかっておりますとも」

弦ノ丞に言われた末次平蔵が口の端を吊《つ》りあげた。

「なぜ辞めさせないのです」

長崎代官所の人事は代官の末次平蔵が握っている。

「手慣れた者を失うことで新しい者を育てなければならなくなり面倒ですし、誰が紐付きかわかっているほうがなにかと楽で」

末次平蔵が首を左右に振った。

「たしかにそうでございましょうが、いつ裏切るかわからない者を抱えこんでいるのは、辛《つら》いでございましょう」

弦ノ丞が苦い顔をした。

「………」

なにか痛い思いをしたのかと末次平蔵が無言で問うた。

「昔というには近いが……」

弦ノ丞が、かつて江戸であった、藩を守るため配下たちを見捨てたことを話した。

「なんとまた、甘い連中でございますな」

聞き終わった末次平蔵が嘆息した。

「生きていくための基である藩よりも、吾が命を優先しろという家臣でございますか。まったく……」

「生きていれば、永遠に禄は付いてくると思っていたのでしょうな。禄は己ではなく、家に与えられたものであり、それに応じた奉公をしなければならないということさえわかっていない」

「そのような塵屑《ちりくず》のような連中はどうでもよいのでございます。それよりも馬鹿どもに突きあげられて、斎どのを辻番頭の役目から外し、国元へ帰した執政どもが愚かにすぎる」

執政への敬意を末次平蔵は一切見せなかった。

「御上《おかみ》の目が松倉家に向けられていたときでありましたからな。その松倉家の屋敷が燃えた。さらに公方《くぼう》さまの御成《おなり》行列に牢人どもが襲いかかった。松平伊豆守さまらが気を尖《とが》らせていたのは確かなのです。そんなときに焼けた松倉家上屋敷の隣、松浦家が家中のことだとはいえ、もめ事を起こすのはまずいでござろう」

「それはそうですが……」

まだ末次平蔵は納得していなかった。

「……もう終わったことでございますしな」

弦ノ丞が声を潜めた。

「終わった……」

末次平蔵が引っかかった。

「上司を左遷させて、部下がそのままでおれるはずはないでござろう」

逆だと上司は部下を犠牲にしてのうのうと居座れるが、上司を追い落とすような部下を配下にしたがる者はいない。

「皆、江戸詰めを解かれ、国元へ戻されましたわ」

「それはそれで気詰まりでございますな。追いやられた上司、追いやったが結局同じ目に遭った配下が同じ国元でとは」

弦ノ丞の言葉に末次平蔵がなんともいえない顔をした。

「なるほど、それで斎どのは長崎に」

「いやいや」

ぽんと手を打った末次平蔵に、弦ノ丞が首を横に振った。

「誰とも顔を合わせておりませぬ」

「顔を見ていない……」

「はい」

「それは……」

言いかけた途中で末次平蔵が気付いた。

「わたくしはまったく知りませぬ」

弦ノ丞が首を左右に振った。

「さきほどの発言を取り消しましょう。貴家の執政衆は怖ろしい方ばかりでござる」

「否定はいたしませぬ」

小さく震えた末次平蔵に、弦ノ丞が応じた。

「まあ、当家の話は置き、どのようにいたされるかをお聞かせ願いたい」

「適当に声をかけるというわけにも参りませぬな」

牢人の選定について、二人は話を戻した。

「効果があるのは、馬町あたりに立て札を出すことでしょうな」

弦ノ丞が言った。

「有象無象を招くことにはなりましょうが」

牢人は生活《たつき》の道を求めている。長崎代官所が牢人を求めているとなれば、まちがいなく殺到してくる。

「斎どの、どれくらいの牢人が参りますか」

「昨今、牢人の数は増えておるように見受けるゆえ、日に十人は参りましょうな」

「十人……」

末次平蔵が眉間にしわを寄せた。

牢人が十人も集まれば、長崎代官所を陥落させるのは容易であった。

末次平蔵の自宅はここから、少し離れたところにあり、ほとんどの資産は長崎代官所には置いていなかった。

それでも百両や二百両の金はある。

雇用希望者が盗賊に変化するには、十分であった。

「期間を限定するわけにはいきませぬしなあ」

「雑魚《ざこ》ばかりで、大魚を見逃しては意味がなくなりますな」

末次平蔵の嘆きに弦ノ丞が同意した。

「だからと申していつまでも面談をしていても、決まりませぬし」

これよりももっといい者が来るかも知れないと思えば、決断なんぞできなくなる。

「面談日まで十日ほど余裕を持ち、そのあいだに剣術の腕だけでも見ては」

弦ノ丞が助言した。

「集めるなど、危険が増えましょうに」

先ほど十人で問題が起こりそうだと言っていたのだ。末次平蔵が戸惑った。

「代官所がよろしくないとなればどこぞの寺の境内でも借りて、戦わせてはいかがか。そこに我らも出向きましょう」

「……何人お見えになられますかな」

「さすがに全員を回すわけには参りませぬので、組頭を一人と番士三人、小者二人というところでしょう」

これでも今長崎にいる平戸藩士の半分に近い。

「斎どのも」

「参りましょう。ここまでかかわったのでござる」

窺《うかが》うような末次平蔵に、弦ノ丞が苦笑した。

「では、馬町に高札を立てましょうか」

「いや、それこそ玉石混淆《ぎょくせきこんこう》になりましょう」

手配のため手代を呼ぼうとした末次平蔵を弦ノ丞が制した。

「ではどのように」

末次平蔵が問うた。

「商人に推薦させましょう」

「……商人に」

弦ノ丞の提案に末次平蔵が首をかしげた。

「少し目端の利く牢人ならば、長崎では誰が中心かをわかっておるはず。となれば、顔を売ろうとしていて当然」

「なるほど。それに気付かず、ただ長崎へ来ればどうにかなるといった愚か者は省けまするな」

末次平蔵が首肯した。

「ただ、それをしたとしても……」

「よき者が採用できるとは限らない」

最後をごまかすようにした弦ノ丞の代わりに、末次平蔵が言った。

「そればかりはいたしかたございませんな。少し多めに採り、だめだとわかったところで辞めさせていくことになりましょう」

「辞めさせる……ですめばよろしいが。捕まえる、あるいは討ち果たすになるやも知れませぬ」

苦笑する末次平蔵に、弦ノ丞が止《とど》めを刺した。

「……つまり、今回の人集めは不逞牢人と、それをわかっていながら紹介している不埒《ふらち》な商人をあぶり出すためでもある」

「うまくいけばでござるがな」

弦ノ丞が認めた。

三

さすがに長崎代官の募集となると商家の紹介が必須であっても、応募はそれなりの数になる。

「こちらでお名前をお書き願いたく」

手間がかかるのを避けるため長崎代官所の門脇で、手代がやってきた牢人に名前と年齢を尋ね、

「これにて十人、一度締め切りまする。受付は一刻《いっとき》（約二時間）ほど後に再開いたしますゆえ、暫時お待ちあれ」

いかに長崎代官所のなかが広いとはいえ、来る者すべてを受け入れていては身動きさ

え難しくなる。

そこで末次平蔵は十人ごとに牢人たちを区切るようにしていた。

「いかがでござる」

中庭に入った牢人たちを座敷から見下ろしながら、末次平蔵が弦ノ丞に尋ねた。

「今のところはなんとも」

公式な場でもある。直臣になる長崎代官に遠慮して、弦ノ丞は少し下がったところに座っていた。

「お代官さま」

手代が一区切りだと合図をしてきた。

「うむ。それでは始めよう」

末次平蔵がうなずいて、面談を開始した。

「長崎代官末次平蔵である。本日はよくぞ応募してくれた。ここに来られたということは存じておろうが、本日は長崎代官所付きの警固役を選ぶことになる」

相手は牢人でしかない。末次平蔵は座敷の奥から声を発した。

「よろしいか」

早速牢人が質問の許可を求めた。

「なんじゃ」

これも形式であるが、質問も許されなければできないのが身分というものであった。

「待遇について伺いたい。警固役ということは、侍として長崎代官所に仕官すると考えてもよろしいのか」

「召し抱えにはならぬ」

牢人の問いに、末次平蔵が首を横に振った。

「長崎代官所ではなく、末次家の一代抱えとなる。扶持は三両二人扶持」

一代抱え席は世襲できないだけでなく、基本は大晦日《おおみそか》で切り替えになった。

「越年申しつくる」

大晦日にこう言われなかった者は、そこで解雇になる。

「それでは……」

「不満のある者は帰ってもらってかまわぬ」

末次平蔵が代官としての威厳を見せながら告げた。

「これでも松倉家では五百石をもらっていた。そのような禄では」

三両二人扶持は、石高にしておよそ四石、幕府の四公六民に合わせれば表高十石になる。

「御免仕《つかまつ》ろう」

「拙者も」

十人のうち四人が出ていった。

「残った者は、それでよいのだな」

「…………」

不満そうではあるが、それでも無言で六人が肯定した。

「では、まず剣の腕を拝見しよう」

用意してあった木剣を代官所の小者たちが牢人に手渡した。

「十分に間合いをとって、それぞれ好きなように振ってくれ」

末次平蔵がはじめと合図した。

「……やあ」

「ふん」

牢人たちが木剣を振り始めた。

「……いかがでござる」

遣えるかと末次平蔵が弦ノ丞に問いかけた。

「…………」

黙って弦ノ丞が首を横に振った。

「……ふう。それまで」

末次平蔵が終了させた。

「つぎは算術でござる。伊豆島《いずじま》」

「はい」

言われた手代が、牢人たちを率いて別室へと移動した。

「次の者どもを」

末次平蔵が新たな牢人たちを呼んだ。

同じことを繰り返して四度、ようやく本日の受付は終わった。

「斎どの、遣えそうな者は」

「当家ならば採りませぬ」

あらためて訊かれた弦ノ丞が否定した。

「やはり……」

末次平蔵が嘆息した。

「遣えるならば、とうに仕官が叶《かな》っておりましょうな」

続けて末次平蔵が肩を落とした。

主家が潰れたら、藩士は牢人になる。これは日が東から昇るのと同じく、絶対であった。ただ、ずっと牢人のままかといえば、違っていた。

「武家奉公が終わる」

あるていど潰されるのではないかと予測はできていても、実際そうなると衝撃を受ける。なにせ、今までの生活が地面ごとひっくり返るのだ。

禄米、知行所は幕府に収公され、住んでいた家からも退去しなければならない。何より武士という身分もなくなる。両刀を差し、名字を名乗ることもできなくなる。

もっとももと武士という経歴は、少しばかり優遇された。次の仕官を探す間という理由で、両刀を差し、名字を名乗ることが黙認されている。

しかし、乱世が終わった今、新たな仕官先なぞ、海中に落ちた小石を拾うよりも難しい。

「もう武家奉公は嫌じゃ」

仕官先が潰れないという保証はない。二度と失う羽目には遭いたくないと、名字帯刀を捨てて町人あるいは百姓になる者は多い。

「是非とも当家へ」

先祖が名だたる武将であったとか、本人が他家にも知られるほど有能であったとかで、拾われる者もいるが、それこそ天の星を摑むようなもので、百人の牢人がいても一人いるか、いないかである。

主家が潰れて一年ほどで、牢人の運命は大体決まった。見切りを付けることができた者、仕官という幸運を摑んだ者を除くほとんどが、牢人という名の無駄飯食いに落ちた。

それでも喰《く》えている間はいい。蓄えがあった、先祖伝来の宝物があった、刀を売った、妻や娘を売った、などといってもそうそう保《も》たない。

「何をしに来た」

腰に刀という武器を差し、働きもしない。治政をおこなっている者からすれば、いつ喰えなくなって暴れ出すかわからない牢人は邪魔である。

「出ていけ」

江戸や大坂のような大きな町ならば、牢人も集まってくるだけに目立たないが、ちょっとした藩の城下や村では、毛嫌いされる。

牢人は定住できなかった。定まった家がないと宿屋暮らし、食事も茶屋などで買うしかなく、あっという間に持ち金が尽きる。

「仕官が叶えば、かならず返しに来る」

知人や親戚に借りるだけならまだしも、まったく見も知らぬ者を脅して金を盗《と》る。そうやってかろうじて長崎へやって来た。

今、末次平蔵の募集に応じた牢人は、まずこの類いであった。

「無駄でございますかな」

末次平蔵がもう一度嘆息した。

「まだ初日でござる。あきらめるのはいささか早急かと」

「……あまり期待はできそうにございませぬが、斎どのがおつきあいくださるというならば、もう少し辛抱してみましょうぞ」

弦ノ丞に言われた末次平蔵がうなずいた。


牢人たちにとって仕官ではないが、長崎代官所と繋《つな》がるのは大いに役立つ。矜持《きょうじ》を保っていた者たちも、数日で再来し一代抱えになることを望んだ。

それでも末次平蔵と弦ノ丞の目に留まるほどの者はいなかった。

「遺憾ながら……」

「剣術の腕は確かなようでござるがの、人物に問題がある」

「人柄はよいのだが、よすぎる」

末次平蔵と弦ノ丞は顔を見合わせて苦笑した。

「松倉も寺沢も潰れて当然でござったな」

家臣がこのていどなのだ。主君も推して知るべしであった。

「ところで斎どの」

「本日最後に入ってきた牢人でございますな」

話を変えた末次平蔵に弦ノ丞がすかさず応じた。

「やはり貴殿もお気付きでございましたか」

末次平蔵が眉をひそめた。

「召し抱えて欲しいというわりには、末次どのを見ず、屋敷のなかだとか、蔵の場所だとかを気にしておりました」

弦ノ丞が応えた。

「あれは……」

「朱印船貿易で知られた末次どのの財を狙っておるのでございましょう」

「押し込み強盗をする気だと」

「お考えの通り」

たしかめるような末次平蔵に弦ノ丞が首肯した。

「やれ、面倒な……」

末次平蔵が首を横に振った。

「あのていどの輩が、一人でするわけはございませぬな。数人、いや五人以上」

「おそらくは」

弦ノ丞も同意見だと言った。

「今宵《こよい》でございましょうか」

末次平蔵の予想に、弦ノ丞が首を横に振った。

「わたくしならば、夜は襲いませぬな」

「昼間にっ」

さすがの末次平蔵も驚愕した。

「なればこそでござる。今、長崎代官所には牢人が出入りしてもおかしくはございませぬ」

「面談に紛れて……」

「ではないかと」

「むう」

末次平蔵が唸《うな》った。

面談は十人で区切っているが、門外には次を待つ牢人がたむろしている。長崎代官所の大門は門番二人で警固しているが、二人とも武術の心得などない。数人の牢人に迫られれば、突破されてしまう。

「長崎代官所を襲うなど……」

末次平蔵は代官を務めているとはいえ、本業は朱印船貿易の商人なのだ。剣術を正式に学んだことなどなく、海上で海賊と実戦で遣《や》り合った度胸だけ。

「そこまで追い詰められているのでしょう」

弦ノ丞がかならず来ると述べた。

「早すぎる。こういったときのための一代抱え席であるというに」

末次平蔵が顔色を変えた。

「斎どの、ご助力を願いたい」

頼れるのは弦ノ丞しかないと末次平蔵が頭《こうべ》を垂れた。

「いつか返していただきますぞ」

「………」

貸しだと告げた弦ノ丞に末次平蔵が首肯した。


物見に出た牢人を六人の牢人たちが待っていた。

「図所《ずしょ》氏、いかがでござったかの」

歳嵩《としかさ》の牢人が話を促した。

「しっかり見て参ったぞ」

図所と呼ばれた牢人が胸を張った。

「どれほどの者がおりましたかの」

「武士は一人、それ以外は町人、あるいは手代」

訊かれた図所が答えた。

「蔵はどうであった」

金のありかについて歳嵩の牢人が尋ねた。

「しっかりと錠はかけられておるようでござる」

「錠が……それはまずいの。錠前を外せる者はおらぬ」

図所の話に歳嵩の牢人が苦い顔をした。

「叩き壊せばよいのであろう」

大柄で二の腕の太い牢人が簡単そうに言った。

「西部《にしべ》氏、そうはいかぬ。錠前はそのへんの商家のものとは違い、かなり太く頑丈に見えた」

「ならば壁を破壊すれば……」

いけると西部が言いかけた。

図所が西部の楽観さに水をかけた。

「道具はどうする」

「代官所ならば、槌《つち》くらいあるだろう」

西部が言い返した。

たしかに代官所には槌が置かれていた。これは大門や表戸を開けようとしない場合に使われるもので、大きさもあり、かなり重い。それを振るった一撃は、閂《かんぬき》ごと扉を破壊する。

「槌はどこにある」

歳嵩の牢人が問うた。

「それは図所が見てきているだろう」

西部の言葉に図所が首を左右に振った。

「そこまで見られるわけなかろう。拙者は召し抱えを申しこんで面談という形で代官所に入ったのだ。とてもあたりを探る余裕などない」

「それでも見つけてくるのが物見の役割である」

「なんだと。そこまで申すならば、おぬしが見てこい」

役立たずと言われた図所が激怒した。

「なにをっ」

西部も憤った。

「落ち着かぬか」

歳嵩の牢人が間に入った。

「不藤《ふどう》氏、しかしだな」

「わかっておる。わかっておる」

どちらが悪いとは口にせず、歳嵩の不藤が二人をなだめた。

「蔵のなかに金が眠っていたとしても、取り出しているだけの暇はなかろう。代官所から奉行所は近い。捕まっては死罪だぞ。金目のものを適当にひっ摑んで逃げるほうが賢いと思うが」

「たしかに」

「明日の宿代がないのだからな。小銭でもありがたいか」

「千両箱など重くて持てぬと聞く」

「ふん、千両どころか小判でさえ見ておらぬ」

　険悪な雰囲気が和らいだ。

「とりあえず、明日の分をいただこうぞ。獲物は盗《と》った者勝ちじゃ」

「おうよ」

「負けぬわ」

「独り占めじゃ」

　不藤の挑発に、牢人たちが気勢をあげた。

「のう、ふと思いついたのじゃが、対馬屋《つしまや》に槌を用意させるというのはどうだ」

　若い牢人が、気を遣いながら献策した。

「対馬屋かあ」

　不藤が難しい顔をした。

「信用がおけぬの」

　苦い顔で図所も渋った。

「信用はおけぬ。あやつの目は偽物じゃ」

「ああ、いつも顔は笑っておるが、目は冷えておる」

西部も首を横に振った。

「そ、そうか」

若い牢人が引いた。

「それに面談に槌を持っていく者などおらぬぞ。まず、持ち込みは禁じられる」

図所が手を振った。

「たしかにな」

西部が苦笑を浮かべた。

「不藤氏よ、こういうときこそ組の力を借りてはいかがか」

真顔で図所が提案した。

「…………」

不藤が黙った。

「門番は心得なんぞなさそうな小者二人であった。組から二人か、三人出してもらえば、我らを止められる者などおらぬ。それこそ全員が木槌を手にしていてもな」

沈黙を嫌がった図所が続けた。

「……むう」

不藤がうなった。

「筒井《つつい》どのの思惑とは違うぞ。かの御仁は長崎を制圧し、幕府が動く前に和蘭陀の船を乗っ取ってこの国から出ていくことを目標としている」

「長崎代官所に痛打を与えられるとなれば、組も喜んで助力してくれよう」

「たしかにそれは名目たるな」

「それに南蛮へ行くか、呂宋《ルソン》で留《とど》まるかはわからぬが、どちらにせよ金は要るのだ。金なしで知らぬ土地に移るなど、裸で冬の海を泳ぎ渡るようなもの。そうであろう、不藤氏」

図所が不藤に迫った。

「……それならば乗ってくれるかも知れぬな。話をするだけはしてみよう」

あまり気乗りしない口調で不藤がうなずいた。

四

仲間の牢人を連れて長崎へ入った旧松倉家牢人座西五郎《ざにしごろう》は、日見峠で足を止めさせられた。

「おぬしは何者か」

峠を少し下ったところで座西五郎が誰何された。

「誰だ。金ならないぞ」

座西五郎が不意に出てきた牢人に警告した。

「牢人相手に追い剝ぎをするほど、見る目がないと思われたか」

誰何してきた牢人が苦く笑った。

「……牢人が、牢人を誰何して、いいわけがなかろう」

座西五郎が目をすがめた。

牢人は食い詰めている。明日どころか、今日生きていくだけのものもない。ないとなれば奪う。奪わなければ己が死ぬからだ。

しかし、尾羽打ち枯らした牢人を襲ったところで、無駄働きでしかない。金は持っていない、刀はあっても二束三文にしかならないような奈良鎌倉《なまくら》ものばかり。着ている衣服はどこの古着屋でも引き取りを拒まれるような垢《あか》じみた襤褸《ぼろ》。それでいて相手も刀を抜いて抵抗する。どちらが狩人で、どちらが獲物かの戦いをすることになる。

金がなく医者にかかることのできない牢人が傷を負えば、末路は見えている。

牢人が牢人を襲うことはまずなかった。

「たしかにな」

座西五郎の対応に誰何してきた牢人が笑った。

「何用であるか」

「長崎へ何をしに来たのかを伺いたい。それによって話は変わる」

逆に問うた座西五郎に誰何してきた牢人が表情を変えた。

「なぜ、それを言わねばならぬ」

「敵か味方かを見定めて、敵ならば……」

険しい顔をした座西五郎に誰何した牢人も目つきを鋭いものにした。

「幕府の犬か。牢人でありながら、主家を潰した幕府に尾を振るか」

座西五郎は誰何した牢人たちが幕府に雇われた番人だと見た。

「笑わせてくれる。幕府に尾を振るくらいならば、腹を切るわ」

誰何してきた牢人が吐き捨てた。

「でなくば、なぜ長崎の出入りを見張る」

座西五郎が当然の疑惑をぶつけた。

「長崎に入りこもうとする牢人や盗賊を防ごうとするためだけのものか、見張りは」

誰何してきた牢人が口の端を吊りあげた。

「それ以外になにがあると……」

言いかけた座西五郎が息を呑んだ。

「まさか……」

「そのまさかのほうだな」

誰何してきた牢人が嗤った。

「で、何しに来た」

「………」

もう一度目的を訊かれた座西五郎が口をつぐんだ。

「ふむ。まずは名乗ろうかの。肥後加藤家牢人筒井帯刀《たてわき》である」

「松倉家牢人座西五郎。うしろにおるのは仲間の石垣《いしがき》、遠部《おんべ》、茶島《ちゃじま》」

名乗られたときは返す。武士の礼儀であった。

「松倉家か。ならば恨みはあるな」

「山のようにな」

「長崎では何をしでかすつもりだ」

三度目の質問を筒井がした。

「金を稼ごうと」

「なるほど」

座西五郎の答えに筒井がうなずいた。

今までの遣り取りは牢人として当たり前のことで、長崎奉行に聞かれようとも問題はなかった。

「金を稼いだ後どうする」

「どうすると言われても困るがの。普通に土地を替えて博多か大坂で慎《つつ》ましく生きていこうかと」

「ふっ」

筒井が吹き出した。

「……むっ」

「いやあ、すまぬ」

憮然《ぶぜん》とした座西五郎に、筒井が詫びた。

「それを幕府が許すか」

筒井が真剣な表情で訊いた。

「そのようなもの、逃げ切る自信はある」

座西五郎が言い返した。

「どこへ」

「へっ」

言われた座西五郎が唖然《あぜん》とした。

「幕府の威光は天下隅々まで届いている。すべての大名は幕府の顔色を見るのに汲々《きゅうきゅう》としている。違うか」

「…………」

座西五郎が黙った。

「大名だけではない。武士も商人も同じ。わかっているのだろう」

「わかっている。でなければ、加藤だの松倉だのの牢人はおらぬ。家臣は主家が抗《あらが》うと言えば、それに従って天下の兵を前に戦う。そして主家と命数を共にする。しかし、今、天下には牢人が溢《あふ》れている。つまり、主家と共に滅びるのをよしとしなかったか、主君があきらめたかのどちらか」

「ほう」

座西五郎の答えに筒井が感心した顔を見せた。

「武士は主家だけのためにある。武士は主家の上の主家を認めぬ。それが本質だろう」

「まったく、その通りだ」

筒井がうなずいた。

「しかし、その覚悟が武士のなかから消えた。いや、幕府が消した。最後に残った者たちも島原で散った」

「何が言いたい」

座西五郎が筒井を睨《にら》んだ。

「我らも武士ではないということよ」

生き残っている現状を筒井が皮肉った。

「…………」

「武士でもない、百姓でもない、商人でもない、職人でもない。我らはなんなのだろうな、座西氏よ」

黙った座西五郎に筒井が問いかけた。

「わからぬ」

座西五郎が首を横に振った。

「牢人とはなんなのか」

「主君を持たぬ武士……先ほどまでならば、迷わずにこう応じた」

続いた筒井との問答に座西五郎がため息を吐《つ》いた。

「何者でもない我らに、居場所はあるのか」

「……ないな」

当然、答えはそうなる。

「どうだ、我らの居場所を探しにいかぬか」

筒井が座西五郎を誘った。

「居場所を探しに……ではっ」

座西五郎が筒井の意図に気付いた。

「異国へ渡ろう。戦を終わらせ、戦う者を無用としたこの国ではなく、まだ我らの力を欲しているところへ」

筒井が座西五郎に手を伸ばした。

「どうやって。幕府は国を閉じている。何人たりとても、異国へ行くことはできぬぞ」

座西五郎が手段を問うた。

「ゆえに長崎なのだ。長崎を支配して出島を制圧、和蘭陀船を手に入れる」

「長崎奉行に、長崎警固がいるぞ」

筒井の話を座西五郎が無理だと否定した。

「だからこそ、仲間を集めている。そのための見張りだったのよ」

座西五郎たちに声をかけた理由を筒井が語った。

「集められたのか」

「少しだがな。他にも九州の各地に人を勧誘しにいっている仲間が複数いてな。それが戻ってきてくれれば、それなりの数になる」

筒井が述べた。

「どのくらいになると」

それなりという言葉では、座西五郎は満足しなかった。

「今、長崎にいるだけで八十をこえている」

「八十……」

思ったよりも多いと座西五郎が目を剝《む》いた。

「それに外へ出ている仲間が戻れば百五十にはなる」

「百五十……」

それは二万石の大名に匹敵する。長崎を制圧するには十分と思える戦力であった。

「さらに……」

にやりと嗤った筒井が、わざと間を空けた。

「まだなにかあるのか」

座西五郎がもうお腹《なか》一杯だと声を落とした。

「すでに長崎警固は敵でなくなっている」

牢人狩りに対して逆襲をかけたという話を筒井がした。

「……なんという」

座西五郎が驚愕した。

「後は長崎奉行所と辻番だけよ」

「……待て。長崎奉行所はわかるが、辻番とはなんだ」

筒井の口から出た名前に座西五郎が首をかしげた。

「そうか、知らぬで当たり前よな。長崎辻番とは、長崎奉行馬場三郎左衛門が配下で、平戸藩の者たちからなる」

「長崎奉行の配下に、平戸藩……わけがわからんぞ」

説明を受けた座西五郎が首を左右に振った。

「詳細は拙者もわかっていない。ただ、長崎奉行馬場三郎左衛門が平戸藩に命じて、長崎を巡回警固させている連中だと思えばいい」

「長崎警固とは違うのか」

座西五郎はさらに混乱した。

「長崎警固は、幕府から命じられた役目。そして長崎辻番は長崎奉行馬場三郎左衛門の私兵」

「長崎奉行が私兵を持っているだと」

座西五郎が目を剝いた。

「幕府は遠国奉行《おんごくぶぎょう》が独自の戦力を持つことをよしとしていない」

筒井が語った。

当然であった。もし、それを認めれば、身内から謀叛を起こされることになりかねなかった。ましてや長崎奉行は南蛮諸国とのつきあいがある。

「大筒を」

「火薬を」

「切支丹《キリシタン》を認めるゆえ、兵を出せ」

謀叛をする気になれば、最新式の武器や船を手にすることもできる。

海からか、あるいは狭隘《きょうあい》な日見峠を使わなければ、長崎には攻め入ることはできない。その長崎の海に強力な大砲を備えた異国の艦隊が停泊し、大軍の通れない日見峠には新式鉄炮《てつぽう》を装備した兵が待ち構える。

島原の乱で廃城であった原城でさえ攻めあぐんだのだ。それ以上の堅固さを長崎は誇ることになる。とても数万ていどの兵では攻略できない。

「迂闊《うかつ》なまねをするな」

幕府が遠国勤務する旗本に家族を随伴させないのは、人質という意味があるからであった。

そこまで警戒している長崎奉行が私兵を持つなどあり得る話ではなかった。

「数は少ないが、腕は立つ。長崎警固を容易に屠《ほふ》れる者が、長崎辻番の前には無力に等しい」

「そこまでか」

座西五郎が絶句した。

「あれはかなり斬り慣れている」

「我らも斬ったぞ」

首肯しつつ言った筒井に、座西五郎が反論した。

「島原のときであろう、それは」

「ああ。一揆《いっき》の連中を少なくとも三人は討ち取った」

誇らしげに座西五郎が告げた。

松倉家と寺沢家は一揆の原因を作ったということもあり、その恥を雪《そそ》ぐとして先陣に出た者が多かった。いうまでもなく、それだけ一揆勢の返り討ちに遭った者も出たが、座西五郎は幸い生き残れた。

「戦場はものが違うと言うぞ」

筒井が首を左右に振りながら続けた。

「戦は頭に血が昇らねばできぬ。戦場の気配に染まらなければならぬ。他人を殺さねば己が死ぬ。そこまで追い詰められなければ人は殺せぬ」

「うっ」

座西五郎が思い出したのか、詰まった。

「松浦の者どもは、違う。戦場ではないところで敵対した者を淡々と斬る」

「淡々と斬る……」

筒井の怖れを座西五郎も共有した。

「ためらわぬ。それがどれだけ異常なことかわかるだろう」

「ああ」

座西五郎がうなずいた。

日常から戦場へ一瞬で切り替えることのできる者は少ない。だからこそ、成功すれば奇襲は効果が高いのだ。

かの今川義元《よしもと》が桶狭間《おけはざま》で少数の織田信長に首を獲《と》られたのは、勝ち続けていた状況で本陣まで敵が来ることはないと油断したからだ。勝利の酒を呑み、昼餉《ひるげ》を摂《と》るという平穏に浸っていたところに、織田信長が奇襲をかけた。

戦場へ向かうという緊張が今川方にあれば奇襲を受けても、総大将を失うという醜態をさらすことはなかったはずである。

それほど気の切り替えは大事であった。

ましてや、泰平になって武士が刀を抜き人を斬ることはなくなった。島原の乱のようなことでもなければ、武士とはいえやすやすと刀を抜いてはならない。もちろん、人を斬るなど論外である。

「人を殺した者は死罪に処す」

幕府や藩はそう法度を出し、武士の行動に制約をかけている。法度というほど固いものでなくとも、人殺しは重罪としている。

ようは、武士でも太刀を抜いての戦いはためらう。

その世にあって、長崎辻番は遠慮をしない。そのことを筒井は脅威だと座西五郎に伝えていた。

「仲間が欲しいとの意味がわかったであろう。いくら強かろうとも、こちらが多ければ勝負はできる」

「うむ」

座西五郎は筒井の考え方を認めた。

「手伝ってくれ。そして、共に新しい居場所を探そうではないか」

筒井が熱い気持ちで座西五郎を誘った。

「いかがか。吾《われ》は参加するつもりだが」

座西五郎が一緒に来た仲間に問うた。

「おおい、筒井どの」

そこへ不藤が声をかけた。

「やはりここにおられたか」

不藤が近づいてきた。

「……どうした不藤氏」

ちらと眉をひそめた筒井が、不藤に用件を問うた。

「人を貸してくれ。長崎代官所を襲いたい」

不藤が頼んだ。

第五章　隠した刃

一

土井大炊頭の家臣が江戸を離れたことは、すぐに松平伊豆守の知ることとなった。

「東海道を西へ上っていっただと」

松平伊豆守が怪訝《けげん》な顔をした。

「五人もか」

さらに一人二人で目立たないように動くと考えていた松平伊豆守の予想より、土井大炊頭の出した数は多かった。

襲えと家臣に命じたが、五人ともなると取りこぼしも出る。ならば、誰に連絡を付けようとしたかは、なんとしてでも知らなければならなかった。

松平伊豆守は刺客として出した左膳に全幅の信頼を置いていた。人柄、忠誠心、知能。なにより武術では江戸屋敷で比類する者がいないほど優れている。

だが、世のなかに絶対という言葉はない。

土井大炊頭と松平伊豆守を比較した場合、どうしても家臣団では劣る。

まず石高が違った。土井大炊頭は古河で十六万二千石を食《は》んでいるのに比べて、松平伊豆守は川越《かわごえ》で六万石と、二倍半以上の差があった。

言わずとも知れるように、石高の差は家臣の数にかかわってくる。百人に一人の逸材がいるとしたとき、松平伊豆守のもとには六人ないし七人ほどいるが、土井大炊頭の場合は十五人近い数になる。

つまりは人材の層が厚い。それこそ左膳を圧倒するような剣術の名人がいてもおかしくはない。それでは土井大炊頭が秘事を託そうとした相手が誰だかわからなくなる。

「うまく襲えるかどうかもわからなくなった。これはやり方を変えねばなるまい。どこへ向かったかを知って対処するほうが確実である」

受け入れる側が知れてこそ、裏も見える。

「早馬を出せ。ただちに左膳の後を追わせよ」

松平伊豆守が新たな指示を出した。

「おそらく九州のいずれかであろう。まずは平戸」

獄死した先代末次平蔵が、平戸藩松浦家の先代松浦隆信と繋《つな》がっていたのはわかっている。うまく逃れはしたが、もし先代末次平蔵が獄中死しなければ、松浦隆信にも幕府の咎《とが》めは及んでいた可能性は高い。

「次が長崎」

末次家にとって長崎は本拠地になる。いろいろな伝手《つて》があることはまちがいなかった。

「残るは博多、大坂」

長崎は交易の地ではあるが、そこで手に入れたものを高く捌《さば》くには、九州最大の商業地である博多、あるいは西国を支える商都大坂が便利であった。

「となれば、大坂を経由することになる」

老中は京都、大坂に常駐している継飛脚を御用飛脚として自在に遣えた。

箱根の関所、大井川の渡しなども制限なく通り抜けることができる御用飛脚は、大坂から江戸までを七日で走破する。だが、御用飛脚を遣えば、その記録が残った。

「松平伊豆守さまが大坂から御用飛脚を遣われたそうでございまする」

大坂城代から御用部屋へ報告が行く。

「関所を御用飛脚が松平伊豆守さまの御命《ごめい》として通過」

江戸を守る箱根の関所は厳重であり、通常の手順を踏まずに通過した者についての連絡は怠らない。

「御用飛脚をなんのために出された」

「大坂で尋常ならざる事態でも起こったのか」

まちがいなく阿部豊後守、堀田加賀守らが松平伊豆守に説明を求めてくる。

「………」

家光からの密命だけに内容を話すことはできない。それどころか、家光からの密命という言葉さえ口にしてはならないのだ。

「同じ老中にも話せぬか」

「調べねばならぬ」

阿部豊後守、堀田加賀守らが動く。

裏の事情を知らない者が、参加してくることほど面倒はなかった。

こちらがなにも言わないのだから、向こうもなにをしているかを教えてはくれない。当然、裏での動きがぶつかり合ったりして、足を引っ張るなど日常茶飯事である。下手《へた》をすれば、阿部豊後守たちが出した者と松平伊豆守の配下が刃《やいば》を交わすことにもなる。

さらに御用部屋には、いや幕府のなかに土井大炊頭の影響力は根強く残っている。

「余の手の者が行く先から、御用飛脚が松平伊豆守のもとへ入った」

これだけで土井大炊頭は松平伊豆守が己の動きを見張っていると悟る。知られてしまえば、それに手を打たれる。

「御用飛脚は遣えぬ」

端《はな》からあるだけに御用飛脚は便利であった。だが、同時にいろいろと制約があった。

そのためにも独自の連絡手段は考慮すべきであった。

「左膳に伝えるのだ。土井大炊頭が誰に連絡をしようとしたかを調べよと。決してそれがわかるまで、土井大炊頭の手の者どもに手を出してはならぬと念を入れよ」

険しい顔で松平伊豆守が続けた。

「手に入れ次第、そなたが江戸へ報《しら》せよ」

少しでも早く状況を知る。これこそ、政の勘所である。

土井大炊頭相手に後の先を取ることが最善だと決断した松平伊豆守は、藩でも一二を争う馬術の達人を出した。

不藤の求めを筒井は拒んだ。

「時期が悪い」

「いつならよいと」

拒絶の理由の詳細を不藤が問うた。

「外に出ている仲間が戻ってきておらぬ」

筒井が決起には人員が不足していると首を横に振った。

「三人でよいのだが」

それくらいならば、影響はないだろうと不藤が言った。

「数の問題ではない。今、長崎代官所を襲えば、長崎奉行所が動く」

「それならば、どうということもなかろう。長崎奉行所に武力はないぞ」

機を乱すと言った筒井に、不藤が手を振って否定した。

「長崎奉行所に武はないが、求めることができる。今はまだ長崎警固たちもおとなしくしているが、正式に長崎奉行から動員を要求されれば、国元へ増援を求めることになる。そうなれば、我らの考えに齟齬《そご》が生まれる」

筒井が目的をはき違えるなと不藤を諫《いさ》めた。

「長崎代官の末次家が持つ財産は数万両をこえると聞く。それだけあれば、皆で分けたところで生涯遊んで暮らせるではないか」

「どこで暮らすのだ。幕府の役所でもある長崎代官所を襲った者は、天下のお尋ね者になる。どこへ行こうとも幕府の追っ手の目を気にしなければならず、心の安まる日はなくなるぞ」

考えが甘いと筒井が不藤をたしなめた。

「金さえあれば、どうにでもなる」

不藤が言い返した。

「……ならぬ」

議論するだけ無駄だと嘆息した筒井が不藤へ強く拒否を突きつけた。

「代官所を襲うなとは言わぬ。ただ、今ではない。仲間が戻り、こちらの態勢が整うまで待てと言っているだけだ」

「……………」

不藤が不満そうに黙った。

「外で同じ思いの者どもを集めている仲間たちの夢を崩すわけにはいかぬ。新天地を求めてこの国を出ていく日は近い。それまで辛抱をしてくれ」

筒井が願った。

「わかった」

すっと不藤が背中を向けた。

「わかってくれたか」

「ああ、互いの想《おも》いが違っているということはわかった」

喜色を浮かべかけた筒井に、不藤が返した。

「牢人《ろうにん》のすべてが新天地を求めているわけではないぞ。言葉も通じぬ異国へ渡ってどうやって生きていくのだ。なにより海を越えるという難行を果たせるか。嵐に遭って船が沈めばそれまでであるし、南蛮人とうまく折り合いがつかなければ、殺し合いになるかも知れぬ。あの大筒や鉄炮《てっぽう》に勝てるのか」

「それはっ」

痛いところを突かれた筒井が詰まった。

「うまくいくかどうかさえわからぬ夢に命をかけるより、目の前にある黄金を手にするべきだと拙者は思う」

「そうだな」

「ああ」

座西五郎の同行者たちが、不藤に同調した。

「そうであろう。どうだ、我らとともに行かぬか」

不藤が手を伸ばした。

「…………」

同行している牢人たちが、座西五郎を見た。

「吾《われ》は何も言わぬ。子供ではないのだ。己で決めればいい」

座西五郎は一緒に来た牢人たちの心がすでに決まっていると見抜き、引き留めようとはしなかった。

「助かる」

「すまぬな」

同行していた牢人たちがほっと息を吐いた。

「残念だが、ここまでだ。吾は夢にかける」

座西五郎が、同行してきた牢人たちに決別を告げた。

「さらばだ」

今までの同行者が離れていった。

「悪かったな」

一人になった座西五郎に、筒井が詫《わ》びた。

「貴殿が詫びることではないぞ」

座西五郎が苦笑した。

「もともと畑仕事が合わず、腐っていた者が長崎まで旅してきただけ。十日も一緒にいなかったのだ。仲間と言うには浅い」

気にすることはないと座西五郎が筒井に笑いかけた。

「そう言ってもらうと助かる」

筒井が安堵《あんど》した。

「……放ってはおけぬな」

峠を下っていく不藤たちの背中を筒井が冷たい目で追った。

「片付けるか」

「やむを得ぬ。今はまだ長崎警固と牢人のいざこざに止《とど》めておかねばならぬ」

筒井が首を左右に振った。

「何人くらいいるのだ」

不藤の仲間の数を座西五郎が訊《き》いた。

「多く見て十人はおらぬはず。さきほどの三人を含めて十人をこえるくらいではないか」

筒井が答えた。

「座西氏、あの三人はどのていど遣える」

「拙者より一枚から二枚は落ちる」

同行していた牢人の武芸を問われた座西五郎が告げた。

「自虐になるが拙者同様、あやつらはたいした腕ではない。帰農もできず、かといって斬《き》り盗《と》り強盗もできずであったからな」

「なるほど」

座西五郎の告白に筒井がうなずいた。

「あの三人以外はどうなのだ」

今度は座西五郎が問うた。

「さほど腕の立つ者はおらぬ。だからこそ長崎代官所に目を付けたのだろう。裕福な商家だと、腕の立つ牢人が雇われていることがある」

筒井が嘲笑を浮かべた。

「ふむ。では、まとめて片付けるか」

「それなのだがな。向こうが十人となれば、こちらも十人は出さねばならぬ。ああ、もちろん数には不足ないのだが、それだけの牢人が相争うとなれば……」

「奉行所が出てくるか」

「ああ」

座西五郎の確認に、筒井が首を縦に振った。

「表沙汰にはしたくないが……」

「一人一人を襲うというのは」

尋ねるように提案した座西五郎に、筒井が難しいと応じた。

「無理だろう。不藤も拙者と決別した以上、警戒をしているはずだ」

「一つ訊きたいのだが、なぜ先ほどの者は長崎代官所を襲う気になったのだ。いくら金があっても代官所だぞ。そうやすやすと牢人がどうにかできるものではあるまい」

座西五郎が首をかしげた。

「それはの、長崎代官所が番犬代わりに牢人を雇うと言い出したからだ。そのため、ちょっとした条件はあるが、応募してきた牢人たちを面談という理由で門内に受け入れているのだ。言うまでもなく、数は絞っているが」

「馬鹿な……火薬庫に松明《たいまつ》を入れるようなものではないか」

筒井の話に座西五郎が驚愕《きょうがく》した。

牢人が幕府を恨んでいることくらい五歳の子供でも知っている。いつ牙を剝《む》くかわからない者に門を潜《くぐ》らせるなど、正気の沙汰とは思えなかった。

「たしかにそうだな」

言われた筒井が腕を組んだ。

「拙者は端からそのようなものに応じるつもりはなかったし、なにより仲間を増やし、受け入れることばかり考えていたから気にもしていなかったが……言われてみれば引っかかる」

筒井が座西五郎の懸念に同意した。

「罠《わな》……」

「そうだ」

二人が顔を見合わせた。

「卑怯《ひきょう》な。心から仕事にありつきたいと思っている者を、罠に嵌《は》めるなど……」

座西五郎が憤慨した。

「しかたあるまい。こちらも長崎に罠を仕掛けているのだ」

筒井が座西五郎をなだめた。

「とはいえ、このままにはしておれぬな」

「どうする気だ」

座西五郎が筒井に対応を尋ねた。

「罠を張っているならば、それを利用させてもらおう」

筒井が口の端を吊《つ》りあげた。

二

対馬屋を名乗る大久保屋の配下は、小柄な身体《からだ》を丸めながら、笑顔を絶やさない人物であった。

「対馬屋」

「おや、不藤さま。どうなさいました」

店の暖簾《のれん》を割って現れた不藤に、対馬屋が笑顔を浮かべた。

「はて、そちらの方々は……」

不藤に続いて入ってきた三人の牢人に対馬屋が怪訝な顔をした。

「ああ、先ほど知り合った者だ。対馬屋に見知ってもらおうと考えてな。同道してもらった」

「左様でございましたか。対馬屋でございまする。落ち砂糖を商っておりまする」

「落ち砂糖……」

牢人の一人が首をかしげた。

「南蛮や清《しん》から運ばれてくる最中に潮をかぶった砂糖のことでございまして。よくご覧になっていただければおわかりいただけると思いますが、少し変色しておりましょう」

商品を見せながら対馬屋が説明した。

「真っ白なお砂糖は贈りものとして珍重されておりますのでかなり高値で取引をされているのですが、このように潮を浴びて色が変わったものは贈答に向きません。出島の商館も値段は付かないのに、場所を取る変色した砂糖は邪魔になる。出島という狭いところで貴重な蔵を儲《もう》けにならないもので塞ぐのは無駄どころか、損」

「なるほどの。その落ち砂糖とやらをそなたは安く買いたたいている」

対馬屋のやっていることに牢人の一人が気付いた。

「はい」

「だが、売りものにならないものを買っても意味がないだろう」

別の牢人が妙な顔で言った。

「それが売れるのですよ。長崎に来て食事はなさいましたか」

「まだしてないな、こちらの三人は」

不藤が対馬屋の疑問に答えた。

「それは残念な。是非、宿屋なり遊所なりで食事を摂《と》ってみてくださいまし。甘《あも》うございますから」

「食事に砂糖が……」

最後の牢人が絶句した。

武士というのは米を喰《く》う。禄《ろく》として米を支給されているからというのもあるが、それを誇りとしているからであった。

というのも幕府領のように年貢が四公六民であればまだいいが、かつての松倉領のように八公二民となるとまず米を口にすることはできなかった。二民残るだろうというのは、実態を知らない者の考えで、その二民に来年の種籾《たねもみ》が含まれている。さらに傷んだ農具の新規購入、あるいは修繕にも金はかかる。衣服や煮炊きする薪《まき》など生活するのに必須なものも買わなければならない。とても二民で手元に残った米では足りるはずはなかった。

もちろん幕府領でも金はかかるので、六民でも毎日毎食米を口にすることはできず、ほとんどは畦《あぜ》や山地で育てた粟《あわ》、稗《ひえ》、麦などを主食としていた。

だが、武士は戦うのが仕事だとばかりに、腹持ちがよく、それでいて消化もいい米を喰った。いや、米を喰うのが一種の地位誇示だと思いこんでいた。

さらに米はうまい。

そのまま炊いただけで、十分に満足できる。麦や稗、粟のように味をごまかすために、いろいろ菜を付けなくてもいい。それこそ、塩だけでも満腹になるまで喰えた。

そのせいか、武家の食事は町屋と違って、菜という点において発達していなかった。

「甘いもので米が喰えるか」

牢人がそろって嫌そうな顔をした。

「まあ、そうおっしゃらずに、一度お試しくださいな」

笑いを維持したまま対馬屋が牢人たちをなだめ、顔を不藤へと向けた。

「で、ご用件は」

対馬屋が不藤へ目的を問うた。

「……ふん」

不藤が雰囲気の変わった対馬屋に鼻を鳴らした。

「槌《つち》はないか」

「……つちでございますか」

対馬屋が困惑した。

「扉を破るときに使う木槌よ」

「はあ。それならば蔵にあったかも知れません。あまりいいものではありませんでしょうが、それでもよろしゅうございますか」

解説した不藤に対馬屋が尋ねた。

「一度使えればいい」

「……使い捨てですか。では、少しお待ちを」

表情を変えることなく、対馬屋が奥へと消えた。

「不藤氏、あの対馬屋とやらは大丈夫なのでござるか」

牢人の一人が問うた。

「大丈夫なわけなかろう」

不藤が苦い笑いを浮かべた。

「それでは、我らを……」

長崎奉行所に売るのではないかとの危惧を牢人の一人が表した。

「遠部氏であったかな。その心配はない。なにせ、我らを長崎代官所の警固役にと推挙したのは対馬屋だ」

「お知り合いでござったか」

遠部と言われた牢人が安堵の息を吐いた。

「いいや。まだ顔を合わせて五日、いや、四日か」

「なんとっ」

他人といって差し支えのない短い交際に、遠部が驚愕した。

「長崎代官所の警固募集に応募すべく、推薦人となってくれる商人を探したのだが、誰も相手にしてくれぬ」

当たり前であった。初めて会った牢人の推薦をするなどあり得ない。推薦とは、ただ紹介するだけでなく、なにかあったときには責任を取らなければならないからだ。

「これはもうあきらめるしかないなと落胆していた拙者に、対馬屋が声をかけてきたのよ。推薦しましょうかと」

「怪しいことでござるな」

遠部が眉をひそめた。

「怪しかろう。こっちも渡りに船には違いなかったが、だからといって沈みかけの船では意味がない。どういうことかと訊いたならば」

一度言葉を切って、不藤が頬をゆがめた。

「対馬屋は一度潰れたらしく、取引先から近隣の繋がりまで失ってしまった。潰した先代の遠縁に当たる今の対馬屋がこのまま店を開けても、やっていけるはずはない。ではどうするか。長崎代官でもある末次と縁を繋ぎ、そこから商いを広げていくしかないとの考えに至った。そこで、誰でもよいので、長崎代官所の募集に応じてくれる牢人を探していたと言ったのよ」

「臭うな」

石垣が口にした。

「ああ、腐臭が漂っている。長崎代官所の末次へ伝手が欲しいならば、土産を持って日参すればいい」

「やったけれど、だめだったのではないか」

遠部が不藤の考えに疑問を呈した。

「調べたさ。少しあたりに話を聞けばすぐだった。対馬屋が潰れて再開したのは、拙者と会う少し前だったらしい」

「……日参して断られたにしては短い」

遠部が眉間にしわを寄せた。

「これでわかるだろう。あの対馬屋もなにかを企《たくら》んでいる」

「抜け荷か」

不藤の言葉に遠部が呟《つぶや》いた。

「おそらくな」

唯一異国の船が入っている長崎で、商人が考える碌《ろく》でもないこととなれば、抜け荷しかない。

「……不藤さま、これでよろしいのですかね」

話の切りを見ていたかのように、対馬屋が木槌を持って戻ってきた。

「おう、すまなかったな。借りていいか」

「差しあげますよ。使うこともなさそうですし」

木槌を対馬屋が差し出した。

「誰か受け取ってくれ」

「おう」

不藤の指示を受けて牢人が木槌を持とうとした。

「……おうわ」

牢人が木槌を落としかけ、あわてて両手で支えた。

「お、重い」

「そうでございますか」

あっさりと対馬屋が流した。

「……しっかり頼むぞ」

不藤が木槌を持った牢人に念を押した。

「さて、こちらの用件は終わったが、そちらからはなにか」

「その木槌はいつお使いになられますか」

長崎代官所を襲う予定を対馬屋が訊いた。

「まだ決めてはいないな。三日先くらいか」

不藤が少し考えて告げた。

「ではの」

手を軽くあげて不藤が対馬屋を出ていった。

「………」

無言で見送った対馬屋が、戸締まりもせずに店を後にした。

大久保屋は対馬屋との間に決めていた合図に従って寺町の外れに近い若宮稲荷《わかみやいなり》神社へ来ていた。

「旦那」

鳥居の陰から対馬屋が顔を出した。

「そんなところにいたのか。どうしたんだい、呼び出しをかけるなんて」

大久保屋が参拝する振りで、鳥居へと近づいた。

「牢人のことで」

「……なにがあった」

大久保屋と対馬屋が肩を並べて、賽銭箱《さいせんばこ》の前へと進んだ。

「さきほど……」

経緯を対馬屋が話した。

「……ほう」

聞いた大久保屋が興味を見せた。

「三日後に長崎代官所を襲うと言ったんだね」

「襲うとは一言も申しませんでしたが」

大久保屋の確認に対馬屋がうなずいた。

「ごまかしたつもりなんだろうね。三日後というのも嘘《うそ》だね」

「わたしもそう思います」

対馬屋が同意した。

「明日だね」

大久保屋が断定した。

「いかがなさいますか」

「おまえはこのまま長崎から消えなさい。無理を言って来てもらっておきながら、中途半端なことで悪いけどね」

「いえいえ。十分にいただいておりますので」

対馬屋が詫びる大久保屋に首を横に振った。

「二年我慢をしておくれな。さすがに顔を見られるわけにはいかないからね」

「わかっております」

大久保屋の言葉に対馬屋が首肯した。

「いずれ大坂に店をかまえるときは、任せるからね」

「へい。では」

神前に向かって二礼二拍手一礼の作法をすませた対馬屋が、若宮稲荷神社から離れていった。

「さて、急がなければね」

大久保屋が口をゆがめた。

「やっと運が向いてきたようだ。少しばかり最初の思惑とは外れたけれど……このほうがよさそうだ」

懐から財布を出した大久保屋が一文銭を賽銭箱へと入れた。

「………………」

大久保屋が真剣に手を合わせた。

「さて、末次との縁を作りに長崎代官所へ行くとしようか」

拝礼を終えた大久保屋が、若宮稲荷神社の鳥居を潜った。

三

長崎代官所はいつものように牢人の見定めをしていた。

「いかがでござった」

「三人目は遣える気がいたしました」

末次平蔵の問いに弦ノ丞が答えた。

「志賀はどうだ」

歳上でかつての上役であった志賀一蔵に弦ノ丞が確認をした。

「拙者も同意見でござる」

志賀一蔵も首肯した。

「では、あの者を雇いましょう。もちろん、しっかり身元は確認いたしますが」

末次平蔵が述べた。

「他の者は」

「…………」

無言で弦ノ丞と志賀一蔵が首を横に振った。

「お代官さま。大久保屋と名乗る商人がお目通りを願っておりまする」

手代が割りこんできた。

「大久保屋……聞かぬな」

「……なにをしに」

首をかしげた末次平蔵に、弦ノ丞が口のなかとはいえ、驚きの声をもらした。

「ご存じか」

末次平蔵がしっかりと耳にしていた。

「聞こえたか。いや、恥じ入る」

他人のいるところで独り言を繰るのは無礼になる。弦ノ丞が頭《こうべ》を垂れた。

「いや、それよりも大久保屋を」

「知っておりますというより、平戸の商人でござった」

尋ねた末次平蔵に弦ノ丞が答えた。

「ござったということは」

「和蘭陀《オランダ》商館がなくなったので、長崎へと移った者でござる」

弦ノ丞が末次平蔵の推察にうなずいた。

「となると、まだ出島での交易には参加できていない」

「詳しくは存じませぬが、おそらく」

末次平蔵の言葉を弦ノ丞は認めた。

「会所への紹介ならば、会うわけにはいきませぬな」

弦ノ丞の知り合いでも、便宜は図れないと末次平蔵が首を横に振った。

「結構でございまする。拙者も江戸から国元へ戻ったばかりで、大久保屋とは顔見知りというていどなれば」

弦ノ丞が手を振った。

「では、断って参りましょう」

手代が去っていった。

「ようやく一人ですな」

大久保屋のことはすんだと末次平蔵が話を戻した。

「あと二人でしょうか」

志賀一蔵が首を左右に振りながら、難しいと言った。

「遣い手というのは、なかなか見当たりませぬな」

弦ノ丞も嘆息した。

「一人でも見つかっただけましでござる」

末次平蔵が笑った。

「お代官さま」

先ほどの手代がまた顔を出した。

「どうした」

「それが……大久保屋が代官所の危機についての話だと申しまして」

「代官所の危機……」

末次平蔵が戸惑った。

「つきあいのある我らではなく直接代官所に来るなど」

弦ノ丞が末次平蔵を見た。

「……会うしかなさそうでございますな」

末次平蔵が少し考えて決めた。

「では、我らは席を外しましょう」

「いや、ご同席願いたい。そのほうが大久保屋の真意が窺《うかが》えましょう」

腰をあげかけた弦ノ丞を末次平蔵が押さえた。

「なれば、従いましょう」

「通せ」

腰をおろしなおした弦ノ丞を見て、末次平蔵が手代に告げた。

長崎代官所の前で待っていた大久保屋は手代の迎えを受けた。

「目通りを許される。決して無礼のないようにな」

「重々承知いたしております る」

釘《くぎ》を刺された大久保屋が代官所のなかへと入った。

「大久保屋を召し連れましてございまする」

奥座敷前の廊下で手代が膝を突いて報告した。

「うむ。入るがよい」

鷹揚《おうよう》にうなずいて、末次平蔵が大久保屋の入室を認めた。

「ご無礼をいたしまする」

目上に許しなく目を合わせるのは礼儀としてふさわしくない。うつむき加減で座敷へ入った大久保屋が平伏した。

「唐物《からもの》を商っておりまする大久保屋……」

「珍しいな、大久保屋」

大久保屋の名乗りを弦ノ丞が遮った。

「えっ……」

思わず顔をあげた大久保屋が弦ノ丞の姿を見て絶句した。

「斎さま」

「拙者もおるぞ」

唖然《あぜん》としている大久保屋に志賀一蔵も声をかけた。

「志賀さまも……どうして」

大久保屋の声がうわずった。

「代々末次どのと当家はつきあいがある」

下手なまねはさせぬと弦ノ丞が釘を刺した。

「さて、大久保屋。この代官所が襲われるとのことだが、偽りであった場合はただではすまさぬぞ」

　末次平蔵が止めを刺した。

「……はあ」

　大久保屋が大きくため息を吐《つ》いた。

「松浦の方々がここにお出《い》でということは、すでにご存じなのでございましょうな」

「なにをだ」

　あきらめた風の大久保屋に末次平蔵がわざと問うた。

「参りましてございまする。いやあ、お代官さまの知己を得られればと考えていたわたくしの浅さを思い知りましてございまする」

　大久保屋が苦笑した。

「知己は得ただろう」

　末次平蔵が水を向けた。

「おそらく明日、遅くとも明後日には牢人が襲い来るでしょう」

「どこで知った」

　語った大久保屋に末次平蔵が訊いた。

「ご勘弁を」

「手の者でも入れていたか、あるいは牢人に伝手を作っていたかと」

頭《かぶり》を振って拒絶した大久保屋を見ながら、弦ノ丞が末次平蔵に言った。

「………………」

大久保屋が黙った。

「斎さま、一つお伺いしても」

「なんだ」

藩とのつきあいは深い大久保屋である。弦ノ丞も無下にはできなかった。

「いつからこちらに」

「牢人の募集を始めた日からだ」

大久保屋の問いに弦ノ丞は答えた。

「やはり……」

大久保屋が肩を落とした。

「端から策だったということでございましたか」

「さて、拙者は代官どのの求めに応じただけよ」

落胆している大久保屋に弦ノ丞が、末次平蔵との親しさを見せつける口調で返した。

「愚かでございました」

大久保屋がもう一度平伏した。

「これにて失礼をさせていただきまする」

辞去を大久保屋が願った。

「ああ、待て」

末次平蔵が大久保屋を制した。

「事情はどうあれ、そなたが代官所のことを思ってくれたことはたしかである。落ち着いたころにもう一度来るがよい。会所に加えることはできぬが、なにかしらの力にはなろうほどにな」

このまま帰しては大久保屋の恨みが弦ノ丞たちに向かいかねない。末次平蔵が譲歩をした。

「それはっ……かたじけのうございまする」

あきらめていた成果に大久保屋が感激して、帰っていった。

「お気遣いに感謝いたす」

弦ノ丞が末次平蔵へ一礼した。

翌日、長崎代官所はいつものように表門を開けた。

「よし、まずは門番を……」

図所が駆けだした。

「手柄の独り占めはさせぬ」

西部があわてて図所を追った。

「我らも」

不藤を含めた残り九人の牢人も突撃した。

「来たぞ」

「おう」

門番たちが目配せするなり、表門のなかへと逃げこんだ。

「閉めさせるな。走れっ」

不藤が大声で指示を出した。

「……始めたな」

不藤たちとは反対側になる辻《つじ》の角から様子を見ていた筒井が口にした。

「本当にいいのか」

座西五郎が確認した。

「ああ、あやつらはすでに仲間ではない。我らの夢を邪魔する敵である。行くぞ」

筒井が太刀《たち》を抜いて駆け出した。

「続けっ」

牢人たちが太刀を抜いた。

門のなかで平戸藩の辻番が待ち構えていた。

「来ました」

「後ろへ下がれ」

逃げこんできた門番を背後へかばって、志賀一蔵が太刀の柄《つか》に手をかけた。

「外に出るなよ。代官所の外で人を斬れば、長崎奉行所がうるさいからな」

代官所のなかのことは、長崎奉行といえども老中の許可なしでは手出しができない。それこそ門の内側なら、何人斬ろうがなかったことにできる。

「承知」

「わかってござる」

配下の辻番が応じた。

「わああ」

喚《わめ》きながら若い牢人が門を潜ってきた。

「突け」

志賀一蔵の合図で、辻番の一人が代官所備え付けの槍《やり》を突き出した。

「がっ」

槍は穂先が重い。取り扱い慣れていないと狙ったところより穂先が下がる。若い牢人の胸を狙った槍は腹へと突き刺さった。

「くわあああ」

胸は致命傷になるが、腹は即死しない。若い牢人が槍のけら首を摑《つか》んで、引き抜こうとした。

もっとも腹をやられれば、数日高熱を発して呻《うめ》きながら悶死《もんし》することになる。どちらにせよ死は避けられないが、若い牢人が痛みに暴れる。

「くっ、抜けぬ」

突き刺した辻番が槍を手繰り寄せようとするのに、若い牢人が抵抗する。

「槍を捨てろ。次が来る」

槍の奪い合いに必死になった辻番へ志賀一蔵が叫んだ。

「おのれっ」

「幕府の犬が」

西部ともう一人の牢人が走りこんできた。

「りゃああ」

槍を持っていなかった辻番が、牢人へ斬りかかった。

「こいつがっ」

島原の乱を経験していた牢人が、辻番に応じた。

二人の剣がぶつかって、それぞれの刃を欠けさせ、火花が散った。

「押さえていろ」

西部が鍔迫《つばぜ》り合《あ》いに入った辻番へと襲いかかった。

「させぬわ」

素早く志賀一蔵が反応して、西部を牽制《けんせい》した。

「ちっ、邪魔を」

西部が志賀一蔵へと切っ先を変えた。

「今のうちに抜けるぞ」

「おう」

不藤の指図に図所が首肯した。

「待て」

そこへ筒井と座西が駆けつけた。

「なんだ、筒井。今さら分け前欲しさか」

不藤が嘲笑を浮かべた。

「ゆえあって助太刀いたす。胡乱《うろん》なる者を討ち果たし、代官所を守れ」

「おう」

嘲笑を気にも留めず、筒井が太刀を振りあげると、牢人たちが気勢をあげた。

「我らを売る気か」

「代官所の方々へ申しあげる。我らは牢人ではあるが、長崎の治安維持に懸念を覚える者である。今日、偶然通りかかったところ、代官所を狙う不逞《ふてい》の輩《やから》を目にした。これを見逃すわけにはいかぬゆえ、助太刀をいたす」

叫ぶ不藤を放置して筒井が代官所へ向かって叫んだ。

「やってしまえ」

怒った不藤が、仲間の牢人へ手を振った。

「裏切り者め」

「どちらがじゃ」

牢人同士の戦いが門前で始まった。

「斎どの」

門内へ入りこんだ牢人を片付けた志賀一蔵が弦ノ丞にどうすると訊きに来た。

「そうよな。このままでは奉行所へ報せが行くな」

長崎代官所は大川に沿っている。また馬町からの街道の途中にある。当然人通りは多い。門前で二十人近い牢人が斬り合っているとなれば、すぐに長崎奉行所へ連絡が行く。

「我らが対応するのは……」

「巡回の途中で見つけたとあれば、問題なく鎮圧できるが……端から長崎代官所に待機していたと知られるのは面倒に繋がる」

そうでなくとも長崎奉行馬場三郎左衛門は、弦ノ丞と末次平蔵を道具として土井大炊頭の抜け荷疑惑の探索をさせている。それでいて牢人対策も弦ノ丞に押しつけている。

もし、末次平蔵とうまく牢人を罠にかけたと知られれば、より高度な仕事をさせようとしてくるに違いない。

「藩のためとはいえ、限界があるでな」

弦ノ丞が首を左右に振った。

「では……」

「ああ、門を閉じよう。門の外で勝手に争っているぶんには、かかわりなしと言えるし、その間に裏口から回れば、呼ばれて駆けつけたという体《てい》にもできる」

「はい。そのようにいたしましょうぞ」

にやりと笑った志賀一蔵が、同意した。

「門番、それでいいか」

「お任せする」

確認した弦ノ丞に応えたのは、末次平蔵であった。

「末次どの、危険でございますぞ」

狙いは末次平蔵の可能性が高い。弦ノ丞が驚いた。

「守っていただけましょう」

平然と末次平蔵が言った。

「それはそうでござるが……」

「斎さま」

説教を続けようとした弦ノ丞を志賀一蔵が制した。

「今は……」

「であったの。門を閉めろ」

志賀一蔵になだめられた弦ノ丞が、門番に指示した。

「よろしいので。なにやら味方するという者たちもおりまするが」

門番は末次平蔵が腕の立つ牢人を求めていることを知っている。助太刀に来た連中は、その対象になるのではないかと門番が訊いた。

「仲間割れもあるだろうし、門を開けたままでは、敵が入りこんでくるかも知れぬ。もし、助太刀が本物であったとしたなら、後で報いればいい」

末次平蔵が手を振った。

「では、ただちに」

理解した門番が表門に取り付いて、閉じ始めた。

「なっ」

「助太刀まで閉め出すか」

座西と筒井が愕然とした。

「おまえのせいだ」

「そうだ。門を閉められてしまえば、我らの狙いが」

木槌を持った図所と不藤が筒井を非難した。

「なにを言う。そもそもはおまえたちが、後少しの辛抱ができなかったことが原因だろうに」

筒井が言い返した。

「うるさい。なるかならぬかの夢に、命をかけられるか」

不藤が筒井に斬りかかった。

四

戦いは両方ともに大きな犠牲を出して終了した。

「長崎辻番である。神妙にいたせ」

弦ノ丞以下、五名の平戸藩士が代官所の裏門を使って、牢人たちの後ろへ出たからであった。

「囲まれた……逃げるぞ」

筒井も不藤も不利を感じ、生き残っているというか逃げ出せるだけの力を残している者に合図をして撤退をした。

「待ってくれ」

「連れて行ってくれ」

傷を負って一人での移動が難しい牢人たちは、哀れにも見捨てられた。

「追え。二人で組んでだ。決して一人にはなるな」

弦ノ丞が配下の辻番に命じた。

「生き残った連中はお任せする」

戦う意思を失った連中を、弦ノ丞は長崎代官に預けた。

「よいので」

牢人たちを渡せば、弦ノ丞の手柄になる。

「手柄はここからでござる」

長崎代官所を守ったというのは、長崎辻番として出すぎたまねになると弦ノ丞は考えていた。

「長崎代官所にも手勢はおる。戦力のあるところに集まってどうするか。他に手薄で狙うべきはあろう」

それどころか、馬場三郎左衛門から叱られると見ていた。

「馬場さまは、代官所の力を……」

「削《そ》ぎたいとお考え……か」

弦ノ丞の怖《おそ》れを末次平蔵が認めた。

長崎代官所も幕府の役所には違いないが、その長である代官は地の者から選ばれる。唯一の例外が馬場三郎左衛門で、これは先代末次平蔵の犯していた抜け荷の後始末をするためであり、数年で今の末次平蔵に代官の座は譲られている。

長崎と同じような交易地で幕府領でもある堺《さかい》には代官が置かれていない。これは堺が海外との交易を取りあげられて、かつての勢いを失っているからではあるが、それでも長崎に代官所があるというのは領の広さからいって異常であった。

「長崎代官所を廃止して、そのぶんを長崎奉行所へ移管する」

「それが狙いではないかと」

嫌そうな顔の末次平蔵に、弦ノ丞が首肯した。

「なるはずないというように」

「はい」

末次平蔵のあきれに、弦ノ丞も同意した。

「長崎を怖れているのは、なによりも御上《おかみ》だからの。その長崎を奉行一人に預けてしまうわけはない」

「伊豆守さまは疑い深いお方でござるしな」

目つきを変えた末次平蔵に弦ノ丞が付け加えた。

「どちらにせよ、長崎奉行所からそろそろ人が来るだろう」

ここまでだと末次平蔵が告げた。

弦ノ丞たちが功績を誇らなかったとはいえ、長崎代官所の防衛に長崎辻番がいたことに気付かないほど馬場三郎左衛門は愚かではなかった。

「ふん、浅はかな」

報告を受けた馬場三郎左衛門が嘲笑した。

「まあいい、辻番どもの助力がなければ、長崎代官所は牢人に蹂躙《じゆうりん》されていた。長崎代官所には奉行所へ逆らうだけの武力はない。なにより今回のことで、牢人を雇い入れようという考えが甘いと末次も思い知ったであろう」

馬場三郎左衛門は末次平蔵の策が崩れたことに満足した。

「牢人どもも減ったことであるし、長崎警固の黒田も鍋島も肩身の狭い思いをしたであろう」

長崎警固が形だけで牢人排除をしていなかったことも、馬場三郎左衛門は見抜いていた。

「しかし、ここまで末次平蔵と長崎辻番が結びついているというのは……」

馬場三郎左衛門が難しい顔をした。

「牢人相手とはいえ、末次平蔵のために命の遣り取《やと》りをする。武士が主君ではなく、長崎代官のために戦う。これは藩命でもなければ、あり得ぬこと」

目つきを鋭くして、馬場三郎左衛門が続けた。

「やはり末次と松浦の間には、なにかある」

馬場三郎左衛門が断言した。

「都合の悪いことをしゃべられてはならぬと、先代末次平蔵を平戸藩が密殺したのではないかと考えていたが……逆かも知れぬ。先代末次平蔵が獄中で自裁することで、平戸藩へ罪を及ぼさずにことを収めた。その恩を松浦は末次へ返している。いや、末次を松浦が守る」

腕を組んで馬場三郎左衛門が思案に入った。

「先代の末次平蔵と土井大炊頭が組んでいた。もし、それが正しいならば、松浦家も土井大炊頭と繋がっている。ふむ。余の命じた土井大炊頭がタイオワン一件にかかわっていた証《あかし》を探せという指図に、斎どもが従わぬのも当然じゃ」

馬場三郎左衛門が考えを発展させた。

「それを見つけられれば、長崎代官、松浦家、そして土井大炊頭の首根っこを余が押さえることになる。金も出世も思うがままだな」

目を光らせて馬場三郎左衛門が口の端を吊りあげた。

「だが、それには人手が足りなすぎる」

長崎代官、長崎奉行を歴任し、この地に詳しい馬場三郎左衛門とはいえ、地の者ではなかった。

「いずれ、江戸へ帰られるだろう」

地の者にとって、馬場三郎左衛門はお客さんでしかない。

「お任せを」

馬場三郎左衛門の命に邁進《まいしん》してくれる者はいなかった。

「由利どもも遣えぬ」

大きく馬場三郎左衛門がため息を吐いた。

「何度考えても手が足りぬ。黒田や鍋島にこの話をするわけにもいかぬ。あやつらには松浦ほどの弱みがない。松浦は松平伊豆守さまに目を付けられている。まさに藩の存亡なればこそ、長崎奉行たる余の言葉に従っている。いや、従う振りをしている。しかし、黒田や鍋島には、その弱みがない。うかつに土井大炊頭という御上の重鎮がタイオワンとつきあいがあったなどと教えてみよ、半月先には江戸城で藩主どもが騒ぎ立ててくれよう。御上の弱みを握ったとばかりに」

馬場三郎左衛門が首を左右に振った。

「かと申して、松平伊豆守さまへ助力を願うのもまずい。話をすれば、手の者を出してくださろうが、手柄のすべてを持っていかれる」

苦労の意味がなくなると馬場三郎左衛門が呟いた。

「こうなると……斎を籠絡するしかないな」

馬場三郎左衛門が鋭い目になった。

「松浦を代表して長崎へ出されるほど有能だが、まだ若い。そこに付けこめば、こちらへ引き寄せることもできるはずだ。問題はその材料だが……金では動かぬか」

長崎奉行には会所からかなりのものが贈られている。百両やそこらならば、すぐにでも出せる。

「遣えばなくなる金で動く武士はおらぬ」

百両は、二百石取りの武士の年収にあたるが、

「千両でも十年……」

金には限界があった。

なにせ一所懸命という言葉があるのだ。武士は領地のために命を懸ける。贅沢《ぜいたく》はできても遣えばなくなってしまう金より、十石でも土地を選ぶ。

「とはいえ、余に出すだけの禄はない」

旗本としては多いが、それに見合うだけの家臣を抱えている。もし、弦ノ丞を家臣として迎えるとなれば、数人放逐しなければならない。

「なにより、後が面倒だ」

新規召し抱えは一代では終わらなかった。子々孫々までよほどのことがないかぎり、その禄で抱え続けるという誓約でもある。

「それに陪臣《ばいしん》から陪臣では、魅力がない」

陪臣から将軍直臣になれるというならば、名誉と引き換えに禄を減らされても文句を言わずに飛びつく者もいるが、格は同じで禄も変わらぬでは、藩を捨てた、今までの恩に後ろ足で砂をかけたという悪名を負う価値はなかった。

「となると女か。長崎辻番は誰も妻子を連れてきておらぬ」

正式に長崎警固を命じられるかどうかさえ定かでない。ただ、そうなったときに戸惑わぬようにとの配慮から、弦ノ丞たちは先遣として派遣されている。本拠地とすべき屋敷さえまだなく、寺に間借りしている現状で妻を呼び寄せるなどできるはずはなかった。

「丸山の遊女なら金でどうにでもできる。若い男に美しい女の頼みは断れまい」

馬場三郎左衛門が嗤《わら》った。

高津穂太郎は旅塵《りょじん》も気にすることなく、主君土井大炊頭から命じられた使者の役目を果たそうとしていた。

「長崎代官末次平蔵どのに、これを」

さすがに土井大炊頭の名前を外で口にするわけにもいかず、前夜の宿で認《したた》めた書状を門番に差し出した。

「これは……」

受け取りはしたが、先日牢人に襲われたばかりである。門番が牢人のように薄汚れている高津穂太郎を疑いの目で見た。

「江戸より主君の命で参りましてござる」

書状のなかには土井大炊頭の名前がある。末次平蔵に披見されれば、問題はないと、高津穂太郎は牢人ではないことを伝えた。

「お待ちあれ」

書状を渡すくらいならばと門番が踵《きびす》を返した。

「長崎代官か」

その様子を物陰から左膳は見ていた。

「速見《はやみ》。このことを殿へ」

「承知」

左膳に追いつくために駆った愛馬は、松平伊豆守とつきあいのある大坂商人に預けている。騎乗で江戸から長崎まで来るのは、馬にとって負担が多い。速見と呼ばれた騎乗の藩士も徒《かち》で長崎まで来ていた。

「我らは、しばらく長崎で様子を見るとも殿に伝えてくれよ」

「承った」

「これを遣え」

「預かろう」

小判を受け取った速見が、長崎の馬町にある馬借のもとへ急いだ。馬借は馬を借りるところだが、それでは盗まれないようにと馬借が用意した手綱取りを連れての移動になり、駆けることができない。左膳は、速見に馬を買えとの意味で金を渡した。


長崎から江戸へは、博多まででて船で大坂、そこから騎乗が早い。

速見は長崎から江戸までの二百四十里余りを十日で移動した。

「と、殿」

騎乗は馬の負担を少しでも軽くするために、揺れに合わせて身体を動かさなければならず、かなりの体力を消費する。

松平伊豆守の前に現れた速見は一人では歩けないほど疲弊し、同僚の肩を借りていた。

「大儀であった。で、土井大炊頭の家臣はどこへ」

一言ねぎらった松平伊豆守が、速見を急《せ》かした。

「な、長崎代官所へ」

荒い息の下、速見が告げた。

「そうか」

松平伊豆守が腰を浮かせた。

「やはり土井大炊頭と長崎代官末次は、組んでいた。よし、これで土井大炊頭の抜け荷は暴けたも同然じゃ。すぐにでも長崎代官を江戸へ召喚し、余自ら取り調べてくれるわ」

「殿」

興奮した松平伊豆守を、近習頭《きんじゅがしら》が咎めるような口調で呼んだ。

「なんじゃ……ああ」

気分を害し睨《にら》もうとして、その近習頭の見ている先に気付いた松平伊豆守がうなずいた。

「ご苦労であった。下がってゆっくりと休め。褒美は後日取らせる」

主《あるじ》の許可がなければ、下がることもできず気力だけで耐えている速見に、松平伊豆守がようやく休息を許した。

「かたじけなく……」

ふたたび同僚に肩を貸してもらいながら、速見が下がっていった。

「畏れながら……」

「松浦の家老滝川大膳を呼び出せ」

諫言《かんげん》を続けようとした近習頭の口を封じて、松平伊豆守が命じた。

「至急に参れと伝えよ」

「はっ」

念を押されたうえでの諫言というわけにもいかなかった。近習頭が平戸藩江戸屋敷へ使者を出すために立ちあがった。

老中首座からただちに参れと命じられては、藩主松浦肥前守重信とゆっくり打ち合わせをすることは叶《かな》わない。

「任せる。決して伊豆守さまの意向に逆らうな。しくじれば島原へ移されることもあり得る」

松平伊豆守の気分次第で藩がどうなるかわからない。高力摂津守が封じられたばかりの島原四万石は、平戸藩六万三千二百石への懲罰としてちょうどいい。

老中の呼び出しだけに藩主公の許可が要ると目通りをした滝川大膳に、松浦肥前守が顔色を変えて命じた。

「はっ」

滝川大膳も松平伊豆守が平戸藩松浦家を手の者にしたがっていることはわかっている。長崎辻番はその象徴であった。

平戸藩の江戸家老ともなると駕籠《かご》を使うことも馬に乗ることも許されている。だが、それを権力者相手にするのはまずかった。

「公方《くぼう》さまのお城下で、陪臣がなにさまのつもりか」

機嫌を損ねることもあり得る。

滝川大膳は徒で松平伊豆守のもとを訪れた。

「遅い」

松平伊豆守が不機嫌な顔で滝川大膳を待っていた。

「申しわけございませぬ」

理不尽でも詫びるのが、立場の弱い者の義務であった。

「近《ちこ》う寄れ」

廊下で平伏している滝川大膳を松平伊豆守が招いた。

「ですが……」

他藩の者が主君に刃を向けることを危惧する小姓や近習が、滝川大膳を見つめている。

「丸腰になればいい。近習頭を除いて出ていけ」

松平伊豆守が両刀を外せと滝川大膳に命じ、小姓たちに手を振った。

「はっ」

すでに太刀は玄関で預けている。すぐに滝川大膳は脇差を後ろへ投げ捨てた。

「ですが……」

「二度言わすな」

懸念を拭い去れない小姓たちが逡巡《しゅんじゅん》したのを、松平伊豆守が怒った。

「はっ」

これ以上は身にかかわる。近習頭を残して小姓たちが出ていった。

「他言は許さぬ」

松平伊豆守が近習頭に釘を刺した。

「寄れ」

「はっ」

小腰を屈《かが》めて、滝川大膳が松平伊豆守の指図に従った。

「滝川であったな」

松平伊豆守が滝川大膳の目を見つめた。

「松浦は余に服するか」

「……謀叛《むほん》ならばお断りをいたしまする」

言われた滝川大膳が首を左右に振った。これは外様《とざま》が身を守るために必須の対応であった。

「余が公方さまに刃を向けることなどない。わかっていることを口にするな」

松平伊豆守が叱りつけた。

「ご無礼仕《つかまつ》りました。でなければ、松浦家は伊豆守さまのお指図に順じまする」

頭を下げながら滝川大膳が答えた。

「最初からそう言え」

もう一度松平伊豆守は滝川大膳を叱った。

「で、長崎からなにか話はきているか」

「はい。長崎奉行馬場さまより……」

弦ノ丞からの報告を滝川大膳が告げた。

「土井大炊頭の抜け荷の証は見つかったのか」

「いえ、その報告はまだ」

滝川大膳が首を横に振った。

「長崎辻番の頭はあやつだな」

「斎でございまする」

松平伊豆守と弦ノ丞の間には因縁というか、縁があった。滝川大膳が認めた。

「呼び戻せ、江戸へ」

「……斎をでございまするか」

「そうじゃ。土井大炊頭のことは今後余が扱うことにした。とはいえ、相手が相手じゃ。

表立つわけにはいかぬ」

現執政筆頭が前執政筆頭のあら探しをするなど、外聞のいい話ではないし、これを理由に松平伊豆守の足下を引っくり返そうとする者が出てきても不思議ではない。

「あやつは肚《はら》もあり、腕もある。頭も悪くない」

かつて御成《おなり》行列をもと寺沢藩士たちがお家復興に利用しようとしたのを、弦ノ丞が阻止した。そのことを松平伊豆守は買っていた。

「長崎に置いていては、要らぬことに気付くやも知れぬ」

「では……」

「松浦家に長崎警固番役は命じぬ」

喜色を浮かべた滝川大膳に松平伊豆守が述べた。

「申すまでもなかろうが、すぐにすべての藩士を引きあげるでないぞ。それでは馬場三郎左衛門に気付かれる」

「はっ」

それくらいの条件は長崎警固番役という金のかかる厄から逃れられるならば、安いものであった。松平伊豆守の言葉に滝川大膳が首肯した。

「ただし、斎は別じゃ。すぐに江戸へ戻せ。そして江戸へ戻り次第、余のもとへ寄《よ》こせ。直接話を聞きたい。場合によっては当家へ召しあげることもある」

「……わかりましてございまする」

藩士を引き抜かれるのは家中の秘密が漏れるだけでなく、大名としての恥でもある。逆らえない相手からの命であっても、松浦肥前守より松平伊豆守のほうが忠義を尽くすに値すると世間は取る。

しかし、そういった大名の意地を張れる時代ではもうない。

滝川大膳がゆがんだ顔を見られないように、額を畳に押しつけた。

解　説

大矢博子

こんなところで終わるの!?　と思わず声が出た『辻番奮闘記四　渦中』から一年。ようやく続きが読める。待ち望んでいた読者も多いだろう。

多くのシリーズを持つ上田秀人だが、その背景は続きものであっても描かれる事件は原則として一巻完結の体裁を守ることが多い。本シリーズも、第一巻『危急』はノンシリーズの単発作品としても成立する作りだったし、第二巻『御成《おなり》』も主人公の斎弦ノ丞が江戸を離れるというキリのいい終わり方だった。

ところが舞台を長崎に移した第三巻『鎖国』から少しずつ様相が変わり始める。そしてここにきて、単発作品どころか、第一巻の段階ですでに第三巻以降の布石が打たれていたことに――『危急』『御成』という江戸を舞台にした二巻は、この長崎を描くためにあったのだということに、ようやく気付かされたのである。

シリーズはいよいよ、本丸に突入したと言っていい。

ということで、本書は第四巻『渦中』からの——いや、実はそれ以前からの続きなので、できれば既刊を刊行順にお読みいただいてから手に取られることをお勧めする。その上で、ざっとここまでの流れを振り返っておこう。

シリーズの始まりは三代将軍・家光の治世下、島原の乱が起きた寛永十四（一六三七）年だ。幕府の目が九州に向いたことで江戸の治安が悪くなり、平戸藩松浦家は藩邸周辺警備のための番所「辻番」の強化を決める。剣の腕を買われて番士に任命されたのが、若き下級藩士・斎弦ノ丞だ。

このとき、松浦家は微妙な立場にあった。キリシタン弾圧を進める幕府にとってオランダ商館を持つ松浦家はただでさえ注意の対象なのに、藩邸の隣は乱の原因を作った島原藩松倉家の屋敷なのだ。案の定、松倉家前での斬り合いを発端に、松浦家は幕閣の陰謀や権力闘争に巻き込まれていく——。

その後、第二巻『御成』では将軍家光襲撃を企む者たちを相手に弦ノ丞が再びの奮闘を見せ、第三巻『鎖国』で国許《くにもと》の平戸藩に戻る。その頃平戸藩はオランダ商館が閉鎖され（この過程は一巻で描かれる）、流通から得ていた大きな収益を失っていた。藩にいた商人たちも商館の移転に伴い長崎に移ってしまう。そんな中、不穏な動きをする商人がいた。おりしも松浦家は長崎警護の助役を打診されていたため、その準備を名目として、斎弦ノ丞と田中正太郎、志賀一蔵の三人を長崎へ送り込んで探らせることに。

　ところが長崎に着いて早々放火犯を捕まえた三人は、長崎奉行・馬場三郎左衛門利重より長崎辻番を命じられる。長崎奉行所は出島の管理と九州の諸大名の監視で手一杯、長崎警護を命じられている佐賀藩や黒田藩も交易がらみの警備が主体で長崎市中の治安にまで手が回らない。松浦家の立場上これを断ることはできず、弦ノ丞たちは長崎でも辻番として市中の治安を守ることになった。

　そして前巻『渦中』で、物語は大きく動く。寛永五年に起きた台湾での密貿易とそれに伴う不祥事に、実は当時の平戸藩主・松浦隆信が関わっていたのである。主犯だった当時の長崎代官・末次平蔵（初代）が江戸で獄死したため松浦家には累を及ぼすことはなかったが、これは家中でもごく一部しか知らないトップシークレットだ。ところがこの密貿易にはさらなる黒幕がいた。黒幕とその政敵の戦いがまたも松浦家へ、そして弦ノ丞へと手を伸ばしていく。

　というのが四巻までの流れである。さて、ようやく本書『絡糸』だ。

　密貿易の対応について国許や江戸の指示を待ちながらも、弦ノ丞の目の前の仕事は長崎辻番だ。長崎の目下の問題は、各国から流入してくる多くの牢人《ろうにん》たちだった。島原のキリシタン一揆《いっき》で取り潰しとなった松倉家をはじめ、家光の気持ち一つで改易の憂き目にあった藩の牢人たちが食いつめ、交易で潤う長崎を目指したのだ。

　その中には、百姓家を襲ったり、街で狼藉《ろうぜき》を働く者もいる。さらには、主家を潰され路頭に放り出されたことに恨みを抱いたままの者も多く、何をしでかすかわからない。弦ノ丞は長崎奉行・馬場三郎左衛門と長崎代官・末次平蔵に挟まれる形で、牢人対策に走り回ることになる――。

と、こうしてまとめてはみたものの、これはあくまで弦ノ丞の役目や立場がどう変わったかを中心になぞったに過ぎない。そしてこれはこのシリーズの半分でしかない、と言ってしまおう。もう半分は、幕閣や平戸藩主・家老といった「上の方」のパワーゲームである。そしてこの二重構造こそが、このシリーズのテーマを象徴しているのだ。

本シリーズで殊更に強調されるのは、将軍家光の歪《ゆが》んだエゴイズムと、その家光の寵《ちょう》愛《あい》を受け、家光を崇《あが》める四人の老中だ。二代将軍秀忠の側近だったふたりの老中は疎まれ、名前だけの名誉職を与えられて執政からはずされる。

家光と、松平伊豆守を中心とした四人の老中は、大名を完全に駒としか見ていない。咎《とが》があればもちろん、なくても何かしら理由をつけて改易や移封を言いつける。幕府の威信を示すというのももちろんあるが、家光に都合の悪いことは隠し、家光の名を高めるために都合よく大名家を利用しているのである。元首への忖度《そんたく》と自身の評価を最優先にする閣僚、といった図式だ。

したがって大名たちはとにかく、事を起こさないように腐心することになる。言いがかりをつけられるような真似《まね》はせず、目立たず、本心は違っていてもひたすら平伏して見せる。だがもちろん、それぞれの藩にも思惑がある。同時に幕閣も決して一枚岩ではない。そこで起きるパワーゲームが、島原の乱や台湾事件（第四巻の三田主水《みたもんど》氏の解説に詳しい）といった実在の事件を通してエキサイティングに綴《つづ》られるのだ。その権謀術数や駆け引きは、上質の政治サスペンスや企業小説を読んでいるかのような知的興奮に満ちている。

特に前巻まではさほど存在感のなかった長崎奉行・馬場三郎左衛門が、ここにきてキーマンになるくだりに注目されたい。だからこの時代なのか、だから島原の乱から物語が始まったのかと、いよいよシリーズの中核が見えてきた感がある。台湾事件と島原の乱の後始末を政治家のパワーゲームとして描くとは、よくこんなこと思いついたな！が、それはあくまでも「上の方」の話。本書の核はそれによって現場が振り回される様子にこそある。上の都合で役目が変わるくらいならまだいい。本書で特にページを割いて描かれるのは、家が取り潰しになった牢人たちだ。

確かに島原藩松倉家は、その圧政からキリシタン一揆を招くという失態を犯した。藩主は罪を償うべきだし、お取り潰しも仕方ない。しかし末端の藩士たちはどうか？　その藩士が抱えている家族や小者たちはどうなる？　一瞬にして多くの者が禄《ろく》を失うのだ。上司がバカだっただけなのに。いわんや、咎なくして潰された藩の者たちの思いはいいかばかりか。

ある牢人が言う。「武士でもない、百姓でもない、商人でもない、職人でもない。我らはなんなのだろうな」「何者でもない我らに、居場所はあるのか」

本書において牢人たちは悪役である。だがそんな悪役を生んだのは「上の方」なのだ。自らのメンツや保身や利益や忖度のため、まるで双六《すごろく》の駒をはじいて捨てるように人を捨てた「上の方」なのだ。その行為が何百何千もの人に何をもたらすかを考えない、いや、そこに「人」がいることすら考えもしない「上の方」なのだ。

将軍・幕閣という最も「上の方」が大名家を駒として使う。使われた大名家の「上の方」はさらに彼らの家臣を道具として使う。その連鎖の最下層にいる者たちはただ振り回されるだけである。牢人たちを取り締まる側の弦ノ丞もまた、「上の方」の思惑ひとつで振り回され、利用される立場であることに留意願いたい。そういう意味では、辻番たちは牢人側に近いのである。

「上の方」のパワーゲームと並行して語られる、牢人たちの憤怒《ふんぬ》と辻番たちの奮闘。ぜひこの対比に注目してお読みいただきたい。

禄を貰《もら》っていたからといってそれが未来永劫《えいごう》続くわけではない、禄を貰うに相応《ふさわ》しい働きをせねばならない、というのは本シリーズでこれまで何度も語られてきた。しかしいくら相応しい働きをしていようと「上の方」の都合次第で放り出されることもある。

して働けばいいのか。何のために、何を拠《よ》り所《どころ》に、何を目指
であるならば、人は何に忠義を誓えばいいのか。

　このシリーズが現代社会の構造を照射していることは既刊の解説でも触れられている
ので繰り返さないが、手の届かない「上の方」が何をしようと、藩士たちは――私たち
は、生きていかねばならない。その道筋のひとつを示しているのが弦ノ丞である。歴史
解釈、政治パワーゲーム、剣戟《けんげき》という要素を絶妙に融合させたこのシリーズは、彼の成《せい》
長譚《ちょうたん》でもあるのだ。だからこそ黒い暗躍がどれほど重なろうと、清々《すがすが》しく読めるので
ある。

　上田秀人ならではの細やかな剣戟シーン（斬るときの姿勢や刀の動きを具体的に描く
のが上田流だ）や当時の社会システムの描写（一揆で荒らされた田畑がどうなるかの説
明には驚いた）、実在の人物・事件の使い方についてももっと掘り下げたかったが紙幅
が尽きた。次巻では松平伊豆守の手がついに直接、弦ノ丞に伸びそうな気配である。楽
しみに続きを待ちたい。

（おおや・ひろこ　書評家）

集英社文庫

辻番奮闘記《つじばんふんとうき》五 絡《らく》 糸《し》

2023年2月25日 第1刷　　定価はカバーに表示してあります。

著 者 上田秀人《うえだひでと》

発行者 樋口尚也

発行所 株式会社 集英社
東京都千代田区一ツ橋2-5-10 〒101-8050
電話 【編集部】03-3230-6095
【読者係】03-3230-6080
【販売部】03-3230-6393(書店専用)

印 刷 大日本印刷株式会社

製 本 大日本印刷株式会社

フォーマットデザイン アリヤマデザインストア　　マークデザイン 居山浩二

ISBN978-4-08-744489-6 C0193